宋·釋文瑩 撰

玉壺野史

中國書店

詳校官左贊善臣王坦修

臣紀昀覆勘

欽定四庫全書

玉壺野史

提要

臣等謹案玉壺野史十卷宋僧文瑩撰據晁公武讀書志文瑩緗山野録作於熙寧中此書則作於元豐中在野録之後前有自序云收國初至熙寧間文集數千卷其間神道墓誌行狀實録奏議之類輯其事成一家益與

野錄相輔而行玉壺者其隱居之地也文獻通考載文瑩玉壺清話十卷諸書所引亦多作玉壺清話此本獨作野史疑後人所改題然元人南溪詩話已引為玉壺野史則其来已久矣若曹溶學海類編摘其中論詩之語别名曰玉壺詩話則杜撰無稽非古人所有也周必大二老堂詩話嘗駁其記王禹偁事之訛趙與時賓退錄亦詆其誤以梁固之弟

為固之子王楙野客叢書又摘其誤以簏籍對仁宗事為適孫益不無傳聞失實者然大致則多考證云乾隆四十九年八月恭校上

總纂官臣紀昀臣陸錫熊臣孫士毅

總校官臣陸費墀

玉壺野史

玉壺隱居之筆也文瑩收古今文章著述㝡多自國初至熈寧間得文集二百餘家近數千卷其間神道碑墓志行狀實錄及奏議碑表野編小説之類僅十紀之文字聚衆學之醇郁君臣行事之迹禮樂文章之範鴻勲盛美列聖大業闗累世之隆替截四海之聞見惜其散在衆帙世不能盡見因取其未聞而有勸者聚為一家之書及纂江南逸事并為李先主昪立傳離為十卷且

夫皇帝之時世淳事簡尚有風后力牧為史官藏其書
羣玉山中知所以有史者必欲其傳無其傳則聖賢治
亂之迹都寂寥於天地間當知其傳者亦古今之大勸
也書成於元豐戊午八月十日餘杭沙門文瑩湘山草
堂序

欽定四庫全書

玉壺野史卷一

宋　釋文瑩　撰

真宗嘗曲宴羣臣於太清樓君臣講浹談笑無間忽問鄽沽佳者何處中貴人奏有南仁和者亟令進之遍賜宴席上亦頗愛問其價中貴人以實對之上遽問唐酒價幾何無能對者惟丁晉公對曰唐酒每升三十上曰安知丁曰臣嘗見杜甫詩曰蚤來相就飲一㪷恰有三

百青銅錢是知一升三十文上大喜曰甫之詩自可為一時之史

蘇翰林易簡一日直禁林得江南徐邈所造欹器遂以水試於玉堂一小璫傳宣於公見之不識其名因密奏既晚太宗召對曰卿所玩者得非欹器乎公奏曰然亟取進之於便坐上親試之以水或增損一絲許器則隨欹合其中則凝然不揺上嘆曰真聖人切誡之器也公奏曰願陛下執大寶神器持盈守成皆如此器則王者

之業可與天地同久上徐笑謂公曰若腹之容酒得此器節之安有沉湎之過耶盖公嘗嗜飲過中故託此以規之易簡泣謝懃佩上親撰欹器銘及草書誡酒詩以賜焉

樞密直學士劉綜出鎮并門兩制館閣皆以詩寵其行因進呈真宗深究詩雅時方競務西崑體磔裂雕篆親以御筆選其平淡者止得八聯晁迥云宿駕都門曉涼風苑樹秋楊億止選斷句闗榆漸落邊鴻過誰勸劉郎酒

十分朱巽云塞垣古木含秋色祖帳行塵起夕陽李維云秋聲和暮角膏雨逐行軒孫僅云汾水冷光搖畫戟蒙山秋色鎖層樓錢惟演云置酒軍中樂聞笳塞上情都尉王貽永云河朔雪深思愛日并門春暖詠甘棠劉筠云極目關山高倚漢順風鵰鶚遠凌秋上謂綜曰并門在唐世皆將相出鎮凡抵治遣從事者以題詠述懷寵行之句多寫於佛宮道宇纂集成篇目太原事續後不聞其作也綜後寫御選句圖立於晉祠綜名臣也少

孤依外兄通遠軍使董遵誨以從學遵誨遣綜貢馬於朝還日太祖解真珠盤龍帶遺綜賚賜遵誨綜時年十六歲奏曰臣外兄止以方貢修人臣之常節陛下解寶勒賜之竊恐勳臣別立殊績陛下當何以為賜敷奏清雅辭容秀徹太祖愛之謂左右曰兒非常材從容謂之曰吾委遵誨以方面不得以此為較後雍熙二年擢第於梁顥榜中同年錢若水深器之推挽於朝

興國中太宗建祕閣選三館書以實焉命參政李至專

掌一日李昉宋琪徐鉉三學士扣新閣求書以觀至性畏慎曰扃鑰誠某所掌籤函中幕嚴秘難啟奈諸君非所職規不便三人者笑謂至曰請無慮主上文明吾輩苟以觀書得罪不猶愈他咎乎因强拉秘鑰啟窺至密遣閤吏聞奏上知之亟走就閣賜飲仍令盡出圖籍古畫賜昉等縱觀昉上言請升秘閣於三館之次從之仍以飛白額閣賜之及賜草書千字文至請勒石上曰千字文本無稽梁武帝得鍾繇破碑愛其書命周興嗣次

韻而成之文理無足取夫孝為百行之本卿累欲勒石朕不惜為卿寫孝經本刻於閨壺以敦化也

熙寧元年狀元吕公臻為京尹上殿進劄子時府推官郎中周約隨趨於後令上忽問吕曰卿體中無恙吕對曰臣無事斯須又問卿果覺安否吕又對曰不敢强時吕公神彩氣燄略無少虧將退又問周曰卿見吕臻如何對曰以臣觀臻似是無事吕出殿門深疑之整巾拂面索鏡自照問周曰足下果見臻如何周曰龍圖無自

疑容彩安靜果數日感疾迤邐不起此較然知聖人之觀物殊有夙見況他事可昧天鑒乎周中立責授巴陵親語其尉朱元明佳士也敢妄說哉

景德三年有巨星見於天氐之西光芒如金丸無有識者春官正周克明言按天文録荆州占其星名周伯語曰其色金黃其光煌煌所見之國太平而昌又按元命包此星一曰德星不時而出時方朝野多歡六合平定鑾輿澶淵凱旋方域富足賦歛無横宜此星之見也克

明本進士獻文於朝召試中書次及第

太宗時親攻范陽李南陽至希大政以二策抗疏爲奏

願陛下選將帥中威武有謀敢龐多福克荷功名者授

宸算付銳兵俾往征之大駕不出京轂恭守宗祧慰撫

黔庶示敵人以閒暇策之上也大名河朔之咽喉或蹕

駐清蹕揚天威以壯軍聲策之中也若其邊霜朔雨朝

壘夕埃翻龍鳳於旗裳擁貔貅於鑾輅勞侵鞴庚士失

耕農非愚臣所知也疏既入繼以目疾求退士論嘉之

晉武惠彬始生周晬日父母以百玩之具羅於席觀其所取武惠左手提干戈右手取俎豆斯須取一印餘無所視後果為樞密使相卒贈濟陽王配享帝食公雖兼將相之領不以禄爵自大造門者皆降廡而揖不名呼下吏吏之稟白者雖劇暑不冠不與見伐江南西蜀二國諸將皆捆載而歸惟公但圖史衾簟而已為藩帥中途遇朝紳必引車為避過市戢其傳呵戒導吏去馬不得越十輪恐壅遏市井性仁恕清慎無撓强記善談論

清白如寒儒宅帑無十日之畜至坐武帳止衣弋綈袍素胡床而已征幽州偶失律於涿鹿素服待罪趙叅政昌言請按誅朝廷察之止責右騎衛上將軍未幾遂起趙叅政自延安還因事被劾於尚書省久不許見時公已復叅使三抗疏力雪之方許朝謁士論嘆伏子瑛天祐三年授使相拜制未久而卒

太宗將蒐漁陽李文正昉抗疏力諫曰臣聞古哲王之制國方五千里務安諸夏不事要荒豈威德不能加乎

蓋不欲以四夷勞中國陛下豈不聞秦戍五嶺漢事三邊道殣相枕戶籍消減一人失道億兆罹毒然而開遠夷通絕域必因魁傑之主濟以好事之臣所以張騫鑿空班超投筆或以重寶結之或以強兵懾之投軀於萬死之地快志於一朝之憤煬帝規模橫遠欲吞秦漢自勞萬乘親出玉關闢右流沙騷然民不聊生覬陛下又欲事煬帝秦漢之事公居嘗奏論皆雍容和婉未嘗有逆鱗之節此疏之上士論駭伏果後伐燕無成太宗方

憶前疏忠鯁始賜手詔厚諭其家

太祖初有事於太社時國中墜典多或未修太社祝文亦亡舊式詔辭臣各撰一文謄錄糊名以進上覽之謂左右曰皆輕重失中獨御筆親點一文曰惟此庶乎得體開視之廼竇儀撰者文曰惟某年太歲月朔日宋天子某敢昭告于太社謹因仲春仲秋祗率常禮敬以玉帛一元太武柔毛剛鬣明粢香萁嘉薦醴齊備兹禋燎用伸報本敢以后土句龍氏配神作主惟神品物賴

之載生庶類資以含弘方直所以著其首博厚所以兼
其德有社者敢忘報乎尚享遂詔儀定其儀注公以開
元禮祭酌於三代之典繼以進熟之際作雍和樂太社
之饌自正門入配坐之饌自左闥入皇帝詣罍洗之儀
並如圜丘（事具見本文）詣太社樽所執樽者舉冪贊
酌醴齊太常卿引皇帝於太社神座前捧爵太
祝持版進於神座之右西向跪讀祝文
黄夷簡閱雅有詩名在錢忠懿王俶幕中陪樽俎二十

年開寶初太祖賜俶開吳越鎮崇文耀武功臣遣夷簡謝於朝將歸上謂夷簡曰歸語元帥朕已於薰風門外建離宮規模華壯不減江浙已賜名禮賢宅以待李煜與元帥先朝者即賜今煜崛强不朝吾將討之元帥助我乎無為他謀所惑果然則將以精兵堅甲奉賜向克常州元帥有大功俟江南平可暫來相見否無他但一慰延想爾固不久留朕執圭幣三見於天矣豈敢自誣即當遣還也夷簡受天語俛首而歸私自籌曰茲

事大難王彧果以去就之計見決於我胡以為對殆歸見倣固不匿盡以天訓授之遂稱疾於安溪別墅保身潛遁虞簡山居詩有宿雨一番蔬甲嫩春山幾倍茗旗香之句雅喜治釋咸平中歸朝為光祿少卿後終以壽焉

苗訓仕周為殿前散員學星術於王處訥從太祖北征處訥諭訓曰庚申歲初太陽躔亢宿亢性剛其獸乃龍恐與太陽並駕若果然則聖人利見之期也至庚申歲

旦太陽之上復有一日衆皆謂目炫以油盆俯窺果有兩日相磨盪即太祖陳橋起聖之時也幼夢持鏡照天列宿滿中割腹納之遂洞通星緯之學太祖即位樞密使王朴建隆二年辛酉歲撰金雞歷以獻上嘉納之改名曰應天歷御製歷序處訥謂所知曰此歷更二十年方見其差必有知之者吾不得預焉至興國六年辛巳吴昭素直司天監果上言應天歷大差太宗詔修之

錢昱忠獻懿王長子也讀書强記在故國與贊寧僧録

送舉竹數束得一事抽一條昱得百餘條寧倍之昱著竹譜三卷寧著笋譜十卷昱輕便美秀太祖受禪伯父俶遣持貢入闕賜後苑宴射時江南使者已先中的令昱解之應弦而中賜玉帶旌賞之歸朝願以刺史求試乞換臺閣送學士院試制誥三篇格在優等改秘書監尤善翰牘太宗取閱深愛之謂左右曰諸錢筆劄多學浙僧亞棲書體格浮軟其失仍俗獨此兒不類以御書金花扇及行草寫急就章賜之後南郊當增秩上曰丞郎

德應星象昱王孫也檢操無守不宜膺之授郢園蓋慎惜名器也

太祖征太原還至真定幸龍興觀道士蘇澄隱迎鑾駕霜簡星冠年九十許氣貌翹竦上因延問甚久自言頃與亳州道士丁少微華山陳摶結遊於關洛嘗遇孫君房鹿皮處士上問得何術對曰臣得長嘯引和之法遂令長嘯其聲清入杳冥移時不絕上嘿久低假迷殆食頃方欠伸具聲略不中斷上大奇之因問養生之要隱

對曰王者養生異是老子曰我無為而民自化我無欲而民自正無為無欲凝神太和唐堯所以享國永圖得此道也遂賜號順素先生

咸同文東都之真儒雖古之純德者殆亦罕得其徒不遠千里而至教誨無倦登科者題名於舍凡孫何而下七榜五十六人不善沽矯鄉里之飢寒及婚葬失其所者皆力賑之好為詩有孟諸集楊侍讀徽之守南都召至郡齋禮遇益厚唱和不絕楊謂君曰陶隱居昔號貞

白先生以足下純白可佯輒不揆已表於朝奏乞堅素之號未知報否後果從請及設舊學百餘楹過如庠序之盛州郡惜其廢奏乞賜額爲本府書院命奉禮咸舜賓主之即綸子也

李至南陽嘗作亢宮賦其序畧曰予少多疾羸不勝衣庚寅歲冬夕忽夢遊一道宮金碧明煥一巨殿一寶床巋然於中一金龍蟠踞于床上碧髯金鬣光射天地旁有綠衣道士鶻盼若嵓電謂余曰此亢宿之宮也大象

無停輪宜速拜之汝將事此龍積疾亦消矛將拜龍輙
先拜至至道初太宗真宗為皇太子命公與李沆相並
為賓客太宗戒真宗曰二臣皆宿儒重德不可輕待吾
選正人輔道于汝宗基國本吾無慮矣真宗恭禀皇訓
見必先拜符元宫之兆也
李集賓建中沖退喜道處縉紳有道遥之風善翰禮行
筆尤工至於草隷分篆俱絶其妙人得之則寶焉為詩
清淡閒暇如其人也有杭州望湖樓詩小艇閒撑處湖

天景物微春波無限綠白鳥自由飛落日孤汀遠輕煙
古寺稀時攜一壺酒戀到晚凉歸西湖詩有漲煙春氣
重貯月夜痕深之句皆類於此晚喜洛中景物求留司
園池亭榭蕭洒自如每喜誦楞嚴中四句云將聞持佛
佛何不自聞聞聞復翳根除塵消覺圓淨凡起居皆詠
之後被詔與張君房集賢校勘道藏時號稱職
真宗為壽春郡王開府太宗詔宰臣為朕選端方純明
有德學無過闕臣僚二人為王友檢擇累日惟得崔遵

度張士遜爾度與物無競口未嘗言是非清潔完如不喜名勢掌右史十年每立殿墀匿身楹檻之外以避顧盻善琴得古人深趣著琴箋十篇鳴琴於室妻子殆不得見通夕只聞琴聲張士遜鄧公生均州鄖鄉深山間始冠已有純德稱於鄉里京西舊有溪祠曰大戒其設頗雄立二十四司三十六門公幼往觀之其巫傳神語曰張秀才請於中書門下坐後果以師儒之重相真廟出處皆太平壽八十六

長安一巨冢壞得古銅鼎狀方而四足古文十六字人莫之曉命句中正辨其篆曰此鳥迹文也其詞曰天王遷洛岐酆錫公秦之幽宫鼎藏於中命杜鎬考其事曰武王克殷都於酆鎬以雍州為王畿及平王東遷洛邑以岐酆之地賜秦襄公篆曰岐酆錫公必秦襄之墓也後耕人果得折豐碑刻云秦襄公墓中正有字學篆隸行草盡精與徐鉉校定說文正同吳楊文舉同撰雍熙廣韻遂直館篆太宗神主藏太室西壁及篆謚寳遂賜

金紫益州華陽人也

太祖問趙韓王儒臣中有武勇兼濟者何人趙以辛仲甫爲對曰仲甫才勇有文須從事於郭崇教其射法後崇師之贍辯宏博縱横可用遂詔見時太祖方以武臣戡定寰宇更不暇它試便令武庫以烏漆新勁弓令射仲甫輕挽即圓破的而中又取堅鎧令擐之若被单衣

太祖大稱愛仲甫奏曰臣不幸本學先王之道願致陛下於堯舜之上臣雖遇昌時陛下止以武夫之藝試臣

一弧一矢其誰不能上慰之曰果有奇節用卿非晚後揚歷險易雍熙三年叅大政公嘗為起居舍人使契丹壯主曰中朝黨進者真騎將也如進輩有幾狄所以困矜者意謂進本塞族中國無之公亟對若進輩鷹犬駑材爾行伍中若進者不可勝數主少沮意欲執之卒曰兩朝以誠講好今渝約見留臣有死而已嘗笑李陵輩苟生甘恥於羊酪之域無足取也契丹因厚修遣禮送之度其志不可奪也

玉壺野史卷一

欽定四庫全書

玉壺野史卷二

宋 釋文瑩 撰

開寶塔成欲撰記太宗謂近臣曰儒人多薄佛典向西域僧法遇自摩竭陁國來表述本國有金剛坐乃釋迦成道時所踞之坐求立碑坐側朕令蘇易簡撰文賜之中有鄙佛爲夷人語朕甚不喜詞臣中獨不見朱昂有諷佛之迹因詔公撰之文既成叙崇嚴重太宗深加歎

獎公舉進士之時趙韓王深所器重謂人曰朱君子之風壽德遠到時宗人朱遵度有學名謂之朱萬卷目公為小萬卷揚歷清貴五十年晚以工部侍郎懇求歸江陵逾年方允止令謝於殿門外後詔賜坐時方劇暑恩旨寵留詔秋涼進程時吳叔贈行詩有浴殿夜涼初閤筆渚宮秋晚得懸車之句尤為中的錫宴玉津園中人傳詔令各賦詩為送若李承維有清朝納祿猶強健白首還家正太平及陳文惠公堯佐部吏百函通爵里送

兵千騎過荆門之句凡四十八篇皆警絕一時朝論榮之弟協亦同時隱皆享眉壽家林相接謂之渚宫二疏荆帥陳康肅堯咨表其居為東西致仕坊八十二覽門人請諡正裕先生

王宫保傅乾德初相太祖以舊相先朝令德固優待之故事一品班在臺省之後特置分臺省班於東西遂為著式公父祚并州郡小吏待以防禦使致仕於家眉壽康福每搢紳拜於其家置樽為壽公必朝服侍立客轍

不安引避於席祚曰學生僕之犹犬爾豈煩讓避耶溥後纂集蘇冕崔鉉二會要撰成一百卷目曰唐會要敘其子貽孫尤負輿學上問趙韓王曰男尊女卑男何以跪而女不跪歷問學臣無有知者惟貽孫曰古者男女皆跪至天后女始拜而不跪韓王曰何以為質貽孫曰古詩云長跪問故夫遂得振學譽

馮瀛王道德度凝厚事累朝體貌山立其子吉特浮俊無檢為少卿善琵琶妙出樂府世無及者父酷戒之略

無少悛一日家宴固欲辱之處賤伶之衆執器立於庭
奏新曲罷列於纏頭縑鏹隨衆伶給之吉置縑鏹於左
肩抱琵琶按膝長跪厲聲呼謝而退家人大笑於箔回
首謂父曰能為吉進此技於天子否凡賓飲聚長為不
速酒酣即彈彈罷起舞舞罷作詩昂然而去自謂曰馮
三絶及撰昭憲太后謚議舉朝嘆服乾德四年郊禮容
樂節刋正漸備有司奏其闕典但少宗廟殿庭宫懸三
十六架加皷吹熊羆十二按樂禮朝會登歌用五瑞郊

廟奠獻用四瑞回至樓前奏采茨之曲御樓奏隆安之曲各用樂章又八佾之舞以象文德武功請用元德升聞天下大定之舞卒從其請

江南邊鎬初生其父忽夢謝靈運持刺來謁自稱前永嘉守修髯秀彩骨法神竦所披衣巾輕若煙霧曰欲託君為父子頃寄浙西飛来峯翻譯金剛經然其經流分中有未合佛旨處願寄君家刋正無它祝慎勿以葷肉啗我及七歲放我出家為真僧以畢前經夢訖鎬生眉

貌高古類夢中者父愛之小字康樂成童聰敏攻文字盡若夙誦堅求出家其親不肯以葷迫之初不能食後亦稍稍及冠翹秀孌姻者衆僂親强而娶焉後嗣主愛其博雅累用之然而柔懦寡斷惟好釋氏初從軍平建州凡所克捷惟務全活建人德之號為邊羅漢及克湘潭鎬為統軍諸將欲縱掠獨鎬不允軍入其城巷不改市潭人益喜之謂之邊菩薩及帥於潭政出多門絶無威斷惟事僧佛楚人失望謂之邊和尚

太祖初郊凡闕典大儀修講或未全備至於勘契之式次郊方舉大禮畢鑾輅還至闕門則行勘箭之儀内中過殿門則行勘契之儀勘箭者其箭以金銅為鏃長三寸形若鑿枘其笴香檀木為之長三尺金錦飾二端以絳羅泥金囊韜之金吾仗掌焉其鏃以紫羅泥金囊貯之駕前司掌焉每大駕還闕中扇駐蹕少俟有司聲云南來者何人駕前司告云大宋皇帝行大禮畢禮儀使跪奏曰請行勘箭金吾司取其笴駕前司取其鏃兩勘

之罷即奏曰勘箭訖有司又聲曰是不是贊喝者齊聲曰是如是者三方開扇分班起居迎駕大輅方進勘契者以香檀刻魚形金飾鱗鬣别以香檀板爲魚形坎而爲範其魚則駕前司掌馬其範則宫殿門司掌馬鑾輿過宫殿門以魚合範然後開扉迎駕其贊唱喝迎拜一如勘箭之式

真宗喜談經一日命馮元談易非經筵之常講也謂元曰朕不欲煩近侍久立欲於便齋亭閣選純孝之士數

人上直司人使袁頂帽橫經並坐暇則薦茗果盡笑論削去進說之儀遇疲則罷元薦查道李虛己李行簡三人者預焉奏曰道歙州人母病嘗思鱖羮方冬無有市者道泣禱河神鑿氷脫巾取得鱖果尺餘以饋母後舉賢良入第四等虛己母喪明醫者曰浮翳泊睛但舐千日勿藥自痊虛己舐睛二年遂明行簡父患癰極痛楚以口吮其敗膏不唾于地父疾遂平真宗立召之日俾陪侍喜曰朕得明矣

太祖收并州凱旋日范杲為縣令叩回鑾進講聖壽詩有千里版圖来浙右一聲金鼓下河東之句上愛之賜一官改服色

擒劉鋹至闕下欲獻俘太廟莫知其儀時張昭以户部尚書致仕於家深識典故國初規制皆張昭與竇儀所定太祖遣學士李瀚就問俘廟之儀庶同参酌張昭卧病口占其式以授瀚不遺一字瀚遂心伏昭之該明

太宗居晉邸問賓僚今朝父子一德者何人有以劉温

叟父子為對者父岳退居河陰温叟方七歲嘗謂客曰吾老矣他無所覬但得世難稍息與此兒偕為温俗之叟耕釣煙月為太平之漁樵平生足矣後記父語因名焉岳後唐為學士温叟晋少帝時又為學士人盡榮之受命之日抱勑立堂下其母未與之見隔簾聞魚鑰聲俄而開篋二青衣舉一箱至庭則紫袍纈衣也母始卷簾見之曰此則汝父在禁林内庫所賜者温叟跪泣捧授開影寢列祀以文告其先方拜母慶以父名岳終

身不聽樂大朝會有樂亦以事辭之客有犯其諱則慟哭急起與客遂絶太宗聞之嘉歎益久溫叟時為中丞家貧太宗致五百緡以贈之拜貺訖以一半積貯於御史府西楹令來使緘鐍而去至明年端午以紈扇角黍贈之視其封宛然所親諷之曰晉邸贈緡恤公之貧盍開扃以濟其乏溫叟曰晉王身為京兆尹兄為天子吾為御史長拒之則鮮敬受之則何以激流品乎後太宗聞之益加嘆重

乾德三年再郊范魯公質為大禮使以鹵簿青油隊舊有甲騎盡取於武庫磨鋥堅厚精明可畏長於禮容有所不順陶穀尚書為禮儀使出意絁之以青綠畫黃絁為甲文青巾裹之綠青絁為下裙絳皮為絡長短至膝加珂紱銅鈴遶前膺及後鞦至今用焉穀本姓唐避晉祖諱易之明博該敏尤工歷象時偽晉遼勢方熾謂所親曰五星數夜連珠於西南已纍纍大明吾輩無陵夷之憂有真主已在漢地觀敵帳騰蛇氣纏之其勢必不歸

國未幾德光薨於漢又自東起芒侵於北儼曰敵人非久自相吞噬安能為害後皆盡然

竇禹鈞生五子儀儼偁侃等相繼登科馮瀛王贈禹鈞詩有靈椿一樹老丹桂五枝芳時號竇氏五龍昆仲材業儀儼尤著儀為禮部侍郎太祖欲相之趙韓王自寡學忌儀明博亟引薛居正參大政以塞之弟儼素蘊文學為周世宗所重判太常寺校管籥鐘磬辨清濁上下之數分律呂還相之法去京房清宮一管調之二年方

合大律又善樂章凡三絃之通七絃之琴十二絃之箏二十五絃之瑟三漏之籥七漏之笛八漏之篪十七管之笙二十三管之簫皆立譜調按通而合之器雖異而均和不差編於歷代樂章之後目曰大周正樂譜樂寺掌之依文教習尤善推步星歷與盧多遜楊徽之同在諫垣嘗謂二公曰丁卯歲五星當連珠於奎奎主文又在魯分自此天下始太平二拾遺必見之老夫不與也果在乾德丁卯歲五星連珠於奎太宗鎮兗海其明博

如此

太祖嘗謂趙普曰卿苦不讀書今學臣角立雋軌高駕卿得無媿乎普由是手不釋卷然太祖亦因是廣閱經史

李瀚及第於和凝相牓下後與座主同任學士會凝作相瀚為承旨適當批詔次日於玉堂廳開和相舊閣悉取圖書器玩留一詩於橺檇之盡去云坐主登庸歸鳳閣門生批詔立鼇頭玉堂舊閣多珍玩可作西齋潤筆

否

艾侍郎頴少年赴舉逆旅中遇一村儒狀極背闒顧謂艾曰君此行登第必矣艾曰賤子家於鄆無師友加之汶上少典籍今學踈寡聊觀場屋爾安敢俯拾耶儒者曰吾有書一卷以授君君宜少俟於此詰旦奉納翌日果持至乃左傳第十也謂艾曰此卷書不獨取富貴後四十年亦有人因此書登科甲然齡祿俱不及君記之艾頗爲異時亦諷誦果會李愚知舉試鑄鼎象物賦試

在卷中一揮而就愚愛之擢甲科後四十年當祥符五

年御前放進士亦試此題徐奭為狀元後父果以户部

侍郎致仕七十八歲甍於汶徐四十四翰林學士卒

乾德初國用未豐蘇曉為淮漕欲議盡榷舒廬蘄黄壽

五州茶貨置四十四場一斛一葉盡搜其利歲衍百餘

萬緡淮俗苦之後曉舟敗溺淮民比屋相賀

秦亭之西北夕陽鎮產巨材森鬱緜亘不知其極止利

於戎建隆初國朝方議營造尚書高防知秦州闢地數

百里築堡扼其要募兵千餘人為採造務與戎約曰渭
之北戎有之渭之南秦有之諸戎盡從其約果獲材數
萬本為桴蔽渭而下後酋部率帳族絕渭奪筏殺兵防
出師與戰戮其衆生擒數十人繫俘於獄以聞太祖憫
之曰奪其地之所產得無爭乎仍速邊州之擾不若罷
之下詔厚撫其酋所繫之戎各以袍帶優賜之遣還其
部諸戎泣謝後上表願獻美材五十萬於朝

許仲宣青社人三為隨軍轉運使心計精敏無絲髮遺

曠征江南軍中之須當一作無不備之際曹武惠公因欲試之凡所索則隨應給師將夜攻城仲宣陰計之曰永夕運鍤寧不食耶既膳無器可乎預科陶器數十萬夜半爨成食兵將就食果索其器如數給之他率類此征交州為廣西漕士死於瘴者十七八大將孫全興失律仲宣奏乞罷兵不待報以分屯湖南諸州開帑賞給縱其盤餌謂人曰吾奪瘴嶺客魂數萬生還中國已恨後時若史侯報將積屍於廣野矣誅一族活萬夫吾何

恨哉又飛檄諭交人以禍福交人以送欵乞内附遣使
修貢仲宣上表待罪太宗褒詔大嘉之以秘書監致仕
於家八十三終謚仁惠公

懲說者不知何人所撰偶一檄册中録之云熈寧丙辰
四月二十六日襄州通衢一死婦理官騐之帶二公符
云潭州婦女阿毛其夫楊全配隸房陵既死本州請陳
願負夫骨歸葬故鄉遭時大疫遂斃於道嗚呼轅門之
匹婦豈不知改從於人免凍餒以茍餘生乎翻能以義

藏中惸然不憚數千里之遠負夫骨以歸此節婦義女之為反澆於道天乎福善助順之理所以難忱也膏粱士族之家夫始屬纊已欲括奩結槖求他耦而適者多矣宜將何理以經之

郭忠恕畫殿閣重複之狀梓人較之毫釐無差太宗聞其名詔授監丞將建開寶寺塔浙匠喻皓料一十三層郭以所造小樣末底一級折而計之至上層餘一尺五寸殺（去聲）收不得謂皓曰宜審之皓因數夕不寐以尺較

之果如其言黎明扣其門長跪以謝尤工篆檔詩筆惟縱酒無檢多突忤於善人雖崇義建隆初拜學官河洛之師儒也趙韓王嘗拜之郭使酒詠其姓玩之曰近貴全為聵攀龍即是聾雖然三箇耳其奈不成聰崇義應聲反以忠恕二字解其嘲曰勿笑有三耳全勝畜二心忠恕大慚終亦以此敗檢坐謗時政擅貨官物流登州中途卒藁葬於官道之旁他日親友與斂葬發土視之輕若蟬蜕非區中之物也李留臺建中以書學名家手

寫忠怨汗簡集以進皆科斗文字太宗深悼惜之詔

付秘閣

玉壺野史卷二

欽定四庫全書

玉壺野史卷三

宋 釋文瑩 撰

盧多遜相生曹南方㓜其父攜就雲陽道觀小學時與羣兒送迎誦書廢壇上有古籤一筒競往抽取為戲時多遜尚未識字得一籤歸示其父詞曰身出中書堂須因天水白登仙五十二終為蓬海客父見頗喜以為吉籤留籤於家至後作相及其敗也始因遣堂吏趙白陰

與秦王廷美連謀事露遂南竄年五十二卒於朱崖籤中之語一字不差初多遜與趙韓王睚眦太宗踐祚每召對即傾之上以膚受頗惑之黜普於河陽普朝辭抱笏而訴氣懾心懦奏曰臣以無狀之賤獲事累聖況曩日昭憲聖后大漸之際臣與先帝面受顧命遣臣親寫二券令大寶神器傳付陛下以二書合縱批文一作合縫紙之列臣銜為證其一書先后納於棺一書先帝手封收宮中乞陛下試尋之孤危之迹庶乎少雪臣此行

身移則事起豺狼在途危若累卵誰與臣辨後果得此書於禁中帝疑既釋竄多遜於朱崖上謂普曰朕幾欲誅卿故王禹偁韓王挽詞有鴻恩書冊府遺訓在金縢乃此事也

至道元年燈夕太宗御樓時李文正昉以司空致仕於家上亟以安輿就其宅召至賜坐於御榻之側敷對明爽精力康勁上親酌御樽飲之選餚核之精者賜焉謂近侍曰昉可謂善人君子也事朕兩入中書未嘗有傷

人害物之事宜其今日所享也又從容語及平日藩邸唱和之事公遽離席歷歷口誦御詩幾七十餘篇一句不訛上謂曰何記之精邪公奏曰臣不敢妄對臣自得謝無事每晨起盥櫛坐於道室焚香誦詩每一詩日誦一遍間或却誦道佛書上喜曰朕亦以卿詩別笥貯之每愛卿翰墨楷秀老來筆力在否公對曰臣素不善書皆㹠犬宗納所寫爾上即令以六品正官與之遂除國子監丞

吕中令蒙正國朝三入中書惟公與趙韓王爾未嘗以
姻戚徼寵澤子從簡當奏補時公為挨門相舊制宰相
奏子起家即授水部員外郎加廟階公奏曰臣昔忝甲
科及第釋褐止授六品京官况天下才能老於嵒穴不
能霑寸禄者無限今臣男始離襁褓一物不知膺此寵
命恐罹陰譴止乞以臣釋褐日所授官補之固讓之方
允止授六品京官自爾為制公生於洛中祖第正寢至
易簀亦在其寢其子集賢二卿居簡平日親與文瑩語

此事云

張司空齊賢致仕歸洛康寧富壽先得裴晉公午橋莊鑿渠周堂花竹照映日與故舊乘小車攜觴游釣於門曰老夫已毀裂軒冕或公綏垂訪不敢拜見造一臥轝以視田稼醉則憩於木陰酒醒則起嘗以詩戲示故人午橋今得晉公廬花竹煙雲興有餘師亮白頭心已足四登兩府九尚書公慕唐李大亮為人對上前申明律意惟務裁減又奏乞罷三班吏杖罰請從贖論皆

可之爲江南東西漕經制饒信處三州錢料極爲永便

又議私鑄之典曰小人雖加死法亦盜鑄不已間或敗

遁則嘯聚林谷臣詢砂鑞錢每一金煤屑銛炭亦不減

二分但乞許民間折三分通用既無厚利自然不爲矣

後臺省駮議恐隳祭縣官法遂寢其行

梁丞相適始任詳刑一旦隨判院盧南金上殿進劄子

奏案中偶有臣僚名次公者仁宗忽問因何名次公判

院以明法登仕不能即對時梁代對曰臣聞漢黄霸字

次公必以覇守而名也上遂問曰卿是何人對曰臣秘
書丞審刑詳議官梁適又問卿是那個梁家對曰先臣
祖顥先臣父固俱中甲科獨臣不肖於張唐卿牓行間
及第上曰怪卿面貌酷肖梁固又他日上殿進劄子進
罷適抱笏俯躬奏曰向蒙陛下金口親諭面貌類先臣
伏蒙先臣祖父須事太宗真宗皆祥符之前不知陛下
何以知之上曰天章閣有名臣頭子朕觀之甚熟適因
下殿泣謝音儀堂堂上頗愛之有用之之意一旦中書

進除一臣僚為益漕凡進之例更無改批但承尾畫可而已忽特批云差梁適未幾又除修記注以合格臣僚進之後批梁適自後知制誥至翰林學士除目凡上皆批於公由秘丞至台輔不十年

太宗欲開惠民五丈二河以便運載吏督治有陳丞昭者江南人請水利使董其役丞昭先以絙都量河勢長短計其廣深次量鍤之闊狹以鍤累尺以尺累丈定一夫自早達暮合運若干鍤計鑿若干土總其都類合用

若干夫以目奏上太祖嘆曰不如所料當斬於河至訖役止衍九夫上嘉之又令督諸軍子弟濬池於朱明門外以習水戰後以防禦使從征太原晉人嬰城堅拒遂議攻討以革内壯士蒙之為洞而入雖力攻不陷師已老上深憫之且將親幸其洞擣藥劑果餌慰撫士卒時李漢瓊為攻城總管挽御衣以諫曰孤壘之危何啻累卵矢石如雨陛下宜以社稷自重遂罷其幸止行頒賚而已既不克又欲增兵丞昭奏曰陛下有不語兵千餘

萬在左右胡不用之上不寤丞昭以馬策指汾太祖遂曉大笑曰從何取土丞昭曰紉布囊括其口投上流以塞之不設板築可成巨防用其策投土將半水起一尋城中危蹙會大暑復雨晉人間道求契丹援兵適至遂議班師

周世宗纘德中遣周景大濬汴口又自鄭州導郭西濠達中年景心知汴口既濬舟檝無壅將有淮浙巨商貿料斛賈萬貨臨汴無委泊之地諷世宗乞令許京城民環

汴栽榆柳起臺榭以為都會之壯世宗許之景率先應詔踞汴流中要起巨樓十二間方運斤世宗輦輅過因問之知景所造頗喜賜酒犒其功不悟其規利也景後邀巨貨於樓山積波委歲入數萬計今樓竟存

折御卿淳化中拜永安節度麟府總管契丹萬餘騎忽入寇御卿一擊遂敗斬五千級獲馬千疋擒司徒舍利數十人敵中號為突厥太尉太宗大賞之自後世襲其爵子孫繼為府州總管治其郡夏倚中立常言嘉祐中

為麟府沿牒至府其州將乃御卿四世孫不類塞種雖為雲中北州大族風貌厖厚揖讓和雅其子弟亦粗知書留中立凡數日出圖史器玩琴樽弧矢之具雖皇州播紳家止於是爾信乎文德之遐被也秣馬於庭雖上閑殆少每歲仲春縱牝於燕山孳歸於櫪任其自產其種必渥洼也然其壯罕有歸者

陵州鹽井舊深五十餘丈鑿石而入井上土下石石之上凡二十餘丈以楩柟木四面錔疊用障其土土下即鹽

脈自石而出偽蜀置監歲用八十萬斤顯德中一白龍自井隨霹靂而出村旁一老父泣曰井龍已去鹹泉將竭吾蜀亦將衰矣乃孟昶即國之二十三年也自茲石脈淤塞毒煙上蒸以絙縋煉匠下視縋者皆死不復開浚民食大艱太宗即位建隆中除賈琰贊善大夫通判陵州專幹浚井琰至井齋戒虔祝引鍤徒數百人祝其井曰聖主臨御深念遠民井果有靈隨浚而通役徒不肯下琰執鍤先之數旬不見泉眼初煉數百斤日稍增

數千斤郡人繪琰像祠於井旁

石元懿熙載西洛人家貧游學事母以孝聞嵩陽道中遇一叟熟視之稽顙曰真太平良弼也吾幼為唐相房元齡檢書蒼頭今見子狀酷似房公囑之曰見子事契相投者即真主也善事之語訖即滅後國初太宗建太寧軍節公謁之傾意投接為掌書記遊從觴詠情禮深厚公長於太宗簡墨樽俎常以兄呼之然亦得事上之體不謟不瀆故免數入聲斯之辱殆踐祚七年為右僕射

平章事卒太宗親幸其第臨喪哭之哀謂近侍曰石某以純正事朕自府幕至台席朕窺之無纖瑕方此委用朕不幸也

寶元元年朱正基駕部知峽州即江陵内翰之子一夕夢一吏白云城隍神遣某督修夷陵縣廨宇願速葺不宜後時朱不甚為意連三夕夢之方少異焉因語同僚亦盡異之然亦未修葺明日報至歐陽永叔謫授夷陵報吏云已及荆門朱感其夢待之特異將入境卒僚屬

遠郊迓之歐公臨邑亦以遷謫自處益事謙謹每稟白皆斂板於庭州將長伺之俟入門先抱笏降於階至滿任不改前容歐公親語其事於其孫集賢朱初平學士焉

王昭素酸棗縣人學古純直行高於世市物隨所索償其直貸者乃曰適所索實非本價昭素謂之曰汝但受之免陷汝於妄語咎自爾人無敢紿者相告曰王先生市物不可虛索一夕盜者穿窬將入以橫木滿室不通

其穴昭素覺之盡室之物前擲於外謂偷兒曰速去恐
有捕者盜慚委物而遁鄉盜錢息李穆昔師之遂為學
士薦於太宗召至便殿年七十顏如渥丹目若盭漆鰥
居絕慾四十年家無女侍上賜坐講乾卦至九五飛龍
在天利見大人起整巾穚頳改容而說上問曰何故昭
素奏曰此文正當陛下今日之事引喻該證微含箴補
上側聽之沃講罷留茗果讌語賜國子博士致仕留禁
中月餘詢治世養身之術昭素曰治世莫若愛民養身

無非寡慾此外無他上愛其語書于屏几卒年八十九

辛文悅後周通經史里儒太祖幼嘗從其學顯德中為殿前都點檢節制方面兵紀繁劇與文悅久不相見上每亦念之文悅一夕夢迎拜鑾輿於道側黃屋之下乃太祖也文悅再拜帝亦為之笑是夕太祖亦夢其來合左右詢訪文悅遽然飾巾至門矣上大異之後遷員外郎

柳仲塗開知潤州胡旦秘監為淮漕二人者俱喜以名

驚於時旦造漢春秋編年立五始先經後發明凡例之類切作聖作書甫畢遂開於金山觀之頗以述作自矜開從其招而赴焉方拂案開編未暇展閱開拔劒叱之曰小子亂常名教之罪人也生民以來未有如夫子者至若邱明而下公穀鄒郟數子止敢傳述而已爾何輩輒敢竊聖經之名冠於編首今日聊贈一劒以為後世狂斐之戒語訖勇逐旦闊步攔衣急投舊艦鋒鐵及身賴舟人擁入參差不免猶斫數劒於舩聊以快憤後朝

廷授開崇儀使知寧邊軍聲歷沙漠其子湊及第於咸平三年陳堯咨榜唱名日真宗詔至軒陛親謂湊曰夜來報至汝父已卒今賜汝及第給錢三萬俾戴星而奔給護旅櫬特加軫悼

杜審琦昭憲皇太后之兄也建寧州節一旦請覲審琦視太祖太宗皆甥也一日陳內宴於福寧宮憲后臨之祖宗以渭陽之重終宴侍焉及為壽之際二帝皆捧觴列拜樂人史金著者粗能屬文致詞于簾陛之外其畧

曰前殿長君臣之禮虎節朝天後宮伸骨肉之情龍衣
拂地祖宗特愛之
張秉户部員外郎知制誥唐故事首曹罕有掌誥者秉
乞退爲行内不試演綸之職遂退爲度支員外郎知制
誥自爾爲例
柴諫議成務知河中府有遠識妙畧當銀夏未寧蒲中
最扼飛輓之衝公迭應之畧無弛曠嘗患府衢狹隘市
民歲侵簷閭櫛密幾軿之不容公計之曰時平民安萬

一翠華西幸輪歸扈蹕千乘萬騎胡以為處遂奏乞撤民居廣衢街可之未幾果有汾陰之幸因留蹕蒲關凡五日

張去華登甲科直館喜激昂急進取越職上言知制誥張澹盧多遜殿院師頏詞學荒淺深玷臺閣頏較優劣太祖立召澹輩臨軒重試委陶穀考之止選多遜入格餘並黜之時謗止謂澹為落第紫微頏為揀殿院賜去華襲衣銀帶為右補闕士論短之後十六年不遷反不

遠乎進者傍下來白昔同直館白為學士去華猶守舊秩卽知廣州鑿內濠以泊舟檝不為颶風所害相次陳世卿代之奏乞免本州計口買鹽之害五年之民始有完衣飽食廣人歌曰卽父陳母除我二苦

張乖崖鎮益屢乞代當蜀難已平頗均勞逸王文正旦舉凌侍郎策旦言性稟純懿臨蒞强濟所治無曠上喜遂除之凌公少年嘗夢人以六印懸劍鐔以授之後在劒外凡六任時辟楊嶧為益倅奏名上太宗不識嶧字

音尋亟詔問立名之因奏曰臣父命之不知其由兄蚡弟蛻畫從虫臣家漢太尉震之後今已泒不敢輒更上曰蟫有何義奏曰臣聞出羽陵蠹書曰白魚虫也上嘆曰古人名子不以日月山川隱疾尚恐稱呼有妨今以細碎微類列名其子未知其謂也以御筆特去虫上賜名單弟蛻之女妻夏英公閫範嚴酷聞於掖庭因率命婦朝后宮莊獻后苛責之方少戢

胡大監旦知明州道出維揚時同年董給事儼知揚州

過之將歡截篙投艣以留之一日延入後館出姬侍列餚餘具宴豆皆上方貴器飲酣胡謂董曰吾輩出於諸生所享若此粗不忝矣敝舟亦有二三衰鬟容止玩飾不侔同年之家人生會合難得或不弃來日能枉駕敝舟數盃可乎董感其意大喜徐又曰三品珍器貧家平生未識可畧借舟中卿以誇示荆釵得否董笑曰狀元兄見外之甚也亟命滌濯以巨奩盡貯之對面封訖令送舟中明日五鼓張帆淮風潛然不告而行不旬至杭

州薛大諫映亦牓下生也首問胡曰過維揚見董同年否胡曰見又曰董望之材器英邁奇男子也然止是性貪一日樽前胡謂薛曰卿假二千緡創鑑湖别墅立鄞魔才罷便當謝病一扁舟釣於越溪豈能隨蝸蝇競吻角乎薛公不得已贈白金三百星卿以為釣溪一醉旦撼頭領之不為少謝後知制誥王繼恩平蜀有功恃勳傲寵潛溢怨讟將加恩以銀數千兩賂旦託為褒詔事敗旦削籍為典午竄潯州安置焉

玉壺野史卷三

欽定四庫全書

玉壺野史卷四

宋 釋文瑩 撰

王師伐蜀孟昶出兵拒之其勢既蹙始肯齎表詣王全斌請降即奉其母逮官屬沿峽流而下至江陵上遣使厚勞别賜茶藥慰其母手詔止曰國母李氏有賢識昶在國或縱侈過度往往詬撻於庭有司候昶至闕令銜璧俘獻于太廟一以罷之車駕親勞於近郊止令素服

待罪於兩觀之下御含元殿備禮見之預詔有司直右
掖門東賞大第五百楹什用器皿悉賜焉封昶為中書
令秦國公給巨鎮節俸拜命六日而卒年四十七發哀
奠贈視三公之秩初其母纔至闕上以禁輦肩至公庭
嬪御扶掖親酌酒飲之曰母但寬中勿念鄉土異日必
送母歸蜀母奏曰妾家本太原若許送妾還幷門死亦
心足時晉壘未平太祖聞吉讖大喜曰俟平劉鈞立送
母歸必如所願因厚賜之後昶卒母亦不哭以酒酹地

曰爾貪生失理不能納疆於真主又不能死社稷實誰咎乎吾以汝恃所以忍死至今汝既死吾安藉其生耶遂不食數日而卒

蜀州青城民王小波為亂小波死又推其妻弟李順為賊首帥餘黨蟻聚萬餘人兩川大擾張詠議雍知梓州雍生於河朔極邊素諳守禦之法練士卒三千人葺綿州金帛賞其帥又募勇卒千餘人守城設礮砲飛矢石創械具才備賊果至大設衝梯火車晝夜力攻在圍

八十日張守設方畧立於矢石告衆曰勉力無自墮萬一城破先梟吾首獻賊以贖汝命吾已飛檄帥帳求援兵不久必至翌日果王繼恩分兵來援賊方潰詔加美

咸平中拜禮部侍郎鹽鐵使不得臺省之體齪齪無圖機三司簿領置案前曰急急中急上聞之笑曰雍之俗狀殆於此命王嗣宗代之

戚容學綸初筮知太和縣里俗險悍喜構虛訟至以術漸摩先設巨械嚴固狴牢其箠梃緪索比他邑數倍民

已悚駭次作諭民詩五十絶不事風雅皆風俗易曉之語俾之諷詠以申規警立限諷詠半年頑心不悛一以苛治法之果由此詩獄訟大減其詩有云文契多欺歲月深便將疆界漸相侵官中驗出虛兼實枷鎖鞭笞痛不禁大率類此江南往往有本每當歲時與因約曰放女壻歸祀其先櫛沐蠲虱民感其惠皆及期而還無敢違者

朱台符眉州人俊邁敏博少有賦名與同輩課試以尺

度其畧始符八寸而一賦已就凡有所作文字其彫篆皆類於賦章疏歌曲亦然河西作梗封上封事其略曰且夫結之以恩者彼必懷之示之以威者彼必畏之若爾則所謂繼遷者自當革心而束手欵塞而旋庭矣又嘗為數闋其畧曰歌遏雲兮慘容舞迴雪兮腰一搦又曰顰多而翠黛難成望極而烏雲易散當本深心兮壯丹期到如今兮賜冰頒扇鄉人田錫嘗曰朱拱正一闋乃閨怨賦一首只少原夫

孫漢公何擢甲科與丁相並譽於塲屋時號孫丁為右司諫以彈奏疏望疏議黜鯁知誥掌三班素近視每上所進劄子多宿誦精熟以合奏牘忽一日飄牘委地四散俯拾零亂倒錯合奏不同上頗訝之俄而蒼皇失措墜笏于地有司以失儀請劾上釋而不問因感恙抱病乞分務西雒不允遣太醫診視令加鍼灸公性禀素剛對太醫曰禀父母完膚自失䕶養致生疾疹反以針艾破之況生死有數苟攻之不愈吾豈甘為强死鬼耶遂

不起

謝史館泌解國學舉人黜落甚衆羣言沸揺懷甓以伺其出公知潛由他塗投史館避宿數日太宗聞之笑謂左右曰泌職在考校豈敢濫収小人不自揣分反怨主司然固須避防又問曰何官職騶導雄偉都人歛避左右奏曰惟臺省知雜呵擁難近遂授知雜以避懷甓之患公深慕虛元朴素恬簡病革盥沐衣羽服焚香端坐而逝首不少欹

楊大年二十一爲光禄丞賜及第太宗極稱愛三月後苑曲宴未帖職不得預公以詩貽舘中諸公曰聞戴宫花滿鬢紅上林絲管侍重瞳蓬萊咫尺無因到始信仙凡逈不同諸公不敢匿即時進呈上詰有司不即召左右以未帖職爲對即日直集賢院免謝令預曲宴後修册府元龜王欽若相總其事詞臣二十人分撰篇序下詔須經楊億刪定方許用之大年祖文逸僞唐玉山令大年將生一道士展刺來謁自稱懷玉山人冠褐秀爽

斯須遽失公遂生後至三十七為學士書寐于玉堂忽自夢一道士來謁自稱懷玉山故人坐定袖中出一誥牒曰内翰加官取閲之其榜上草寫三十七字大年夢中頗驚曰得非數乎道士微笑曰許添乎道士點頭夢中命筆上添一點為四十七至其數果卒

李密學濬與李昌武宗諤同宗同歳月後一日而生二人者平生休戚慘舒一無不同及昌武死濬亦後一日卒昌武即司空昉第三子在玉堂真宗召公同丁晉公

侍宴玉宸殿上曰朕常思國朝將相之家世緒不墜相
惟昉將惟曹彬爾卿家尤更雍睦有法朕繼二聖基業
亦如卿家保守門閥祥符五年同下相迎真宗聖像為
迎奉副使公歸上因幸玉堂及問塗中之事因奏曰汴
河流屍蔽河而下暴露灘渚魚鳥恣噉上聞之惻然嗟
念因而遂御製泗水發願文勑守臣勒石於淮亭歲給
錢百緡修釋道齋醮各七日為之懺滌每一屍官給蘆
蓆三片錢一鐶置酒紙脯醢即令收瘞永為著式御製

略云嗟乎灘磧之上競食者烏鳶島渚之間爭殘者魚鱉汝等孽非他速殃盡自貽仕宦者怙勢以陵民為官者欺心而冒法願汝等仗茲浣滌各遂超騰悟諸佛本空之源體太上真靈之理

景德初北戎請盟欲撰荅書久亡體制時趙文定安仁為學士獨記太祖朝書禮規式詔撰之及修講盟好之制深體輕重朝論美之時敵使韓杞者始修聘好獷悍無檢命公接伴公旋教覲見之儀方漸馴擾及將辭燕

服太長步武縈足欲左衽公戒之曰君將墜厥受還書去天顏咫尺可乎剛折之纔不敢明年敵選姚柬之翹翹者也至闕復接伴柬之者輕縱逞辯坐則談兵公徐謂曰君號多聞者豈不聞兵者不祥之器聖人不得已而用之今得已之時也二國始以禮義修好非君所談之事方此少戢酬對得體遂賚祥符二政拜宗政卿掌玉牒屬籍國初梁周翰創宗籍之制不便宮邸公裁酌得宜又造仙源積慶圖盡列長幼親屬之目以進於便

坐張之爲盛事

真宗爲開封尹呼通衢中鐵盤市卜一瞽者令張耆夏守斌楊崇勲左右數輩揣聽聲骨因以爲娛或中或否獨相王繼忠瞽者駭之曰此人可訝半生食漢禄半生食塞禄真宗笑而遣去繼忠後爲觀察使高陽總管咸平六年敵寇望都與敵酣戰至乙夜戎騎合圍數十重徐戰徐行旋傍西山而適至白城陷敵上聞之甚嗟悼皆謂即沒景德初戎人乞和繼忠與撰奏章而勸諷誘

掖大有力焉朝廷方知其存殁每歲遣使真宗手封御帶藥茗以賜焉繼忠服漢章南望天闕稱未死臣哭拜不起問聖體起居不避敵嫌以其德儀雄美敵以女妻之偽封吳王改姓耶律卒於敵人謂陷蕃王氏也戴恩為御龍弓箭直都虞候一日西蜀進青龍城道觀長壽仙人圖其本吳道元之迹太宗閱之酷肖戴恩又恐所見有殊亟召數班軍校近侍内臣遍示之曰汝輩且道此圖似何人羣口合奏曰似戴恩上笑而異之因是

進用後還寧遠軍節奏舉朝止呼戴長壽
真宗車駕巡師大名王雜端濟為鎮倅調丁夫十五萬
修黃汴河濟以謂役廣勞民乞徐圖之詔往經度遂減
十萬張齊賢相請合濟立狀保河不決奏曰河之決繫
陰陽災沴責在調元者和陰陽弭災沴為國致太平河
豈有決乎臣乞先令宰臣立一保狀天下太平然後臣
以族人狀保河不決丞相曰今非太平耶濟對曰北有
遼寇西有賊遷關右兩河殘破侵擾臣敢謂未也上動

容留之間邊計歘奏可采後知河中府潞車幸澶淵敵騎旁侵詔沿河斷橋梁毀舟舫緩者以軍律論濟馳驛飛奏曰陜西關防天設其數十萬斛以河為載若用小舟沉覆必矣此誠可惜所有斷梁之議揺動民心尤宜寢罷真宗寤其議立弭之

張乖崖性剛多躁蜀中盛暑食餛飩頂巾之帶屢垂於盌手約之頻煩急取巾投器中曰但請喫因捨匕而起

少年慷慨學擊劍喜立奇節謂友人曰張詠賴生明時

讀典墳以自律不爾則為何等人耶李順之亂益州大將王繼恩上官正輩頓師逗留不進公激使行戚陳供帳郊辭以餞之舉爵謂軍校曰爾曹蒙國厚恩無以塞責行勉力平盪寇壘以手指其地曰若師老日曠即爾輩死所也徐謂繼恩曰朝廷始若許僕忝後騎豈至今日醢賊以啗師久矣自是士氣果振獲捷而還

王元之禹偁嘗作三黜賦以見志初為司諫知制誥疏雪徐鉉貶商州團練副使方召歸為學士坐為孝章后

遷梓宮于燕國長公主之第羣臣不成服元之私語賓友曰后嘗母儀天下當奉舊典坐訕謗出守滁州方召還知制誥撰太祖徽號玉册語涉輕誣會時相不悦密奏黜黄州泊近郊將行時蘇易簡内翰牓下放孫何等進士三百五十三人奏曰禹偁禁林宿儒累為遷客漂泊可念臣欲令牓下諸生罷朝集綴馬送於郊奏可之至日行送過四短亭諸生拜别於官橋元之口占一闋付狀元曰為我謝蘇公不暇取筆硯其詩云綴行相送

我何榮老鶴乘軒媿谷鶯三入承明不知舉看人門下放諸生時交親縱深客者循時好惡不敢私近惟賓元賓執其手泣於闔門曰天乎得非命歟公後以詩謝略云惟有南宮賓貢外爲余垂淚闔門前至郡未幾忽二虎鬬於郡境一死之食殆半羣雞夜鳴冬雷雨雹詔内臣乘驛勞之命設禳謝司天奏守土者當其咎即命徙蘄上表畧曰宣室鬼神之問不望生還茂陵封禪之文止期身後上覽曰噫禹偁其亡乎御袖掩涕至郡踰月

果卒嘗侍宴瓊林太宗獨詔至御榻面誡之曰卿聰明文章在有唐不下韓柳之列但剛不容物人多沮卿使朕難庇焉偁泣拜書紳而謝

太宗嘗謂侍臣曰朕欲以皇王之道御圖愧無稽古深學舊有御覽但記分門事類繁碎難檢令諫臣以治亂興亡急要寫置一屏欲嘗在目時知雜田錫奏曰皇王之道微妙曠闊今且取軍國要機二事以行之師平太原逮茲二載未賞軍功願因郊籍議功酧之乞罷交州

之兵免驅生民為瘴嶺之鬼此二者雖不繫皇王之治
陛下宜念之上嘉納曰錫真得鯁直之體而此尤難為
答趙普當國錫謁於中書白曰公以元勲當國宜事損
欽有司羣臣書奏盡必先經中書非尊王之體也諫官
章疏令閤門塡狀大弱臺憲之風尤為不可普引咎正
容厚謝皆罷之錫將卒自草遺表猶勸上以慈儉納諌
為意絶無私請上厚卹之
李丞相穀與韓熙載少同硯席分攜結約於河梁曰各

以才命選其主廣順中穀仕周為中書侍郎平章事熈載事江南李先主為光政殿學士承旨二公書問不絶熈載戲貽穀曰江南果相我長驅以定中原穀荅熈載曰中原苟相我下江南如探囊中物爾後果作相親征江南賴熈載卒已數歲先是朝廷遣陶穀使江南以假書為名實使覘之李相密遺熈載書曰吾之名從五柳公驕闕喜奉宜善待之至果爾容色凜然崖岸高峻燕席談笑未嘗啓齒熈載謂所親曰吾輩綿歷久矣豈煩

至是耶觀秀實也公守非端介正人其守可隳諸君請觀固令留宿俟寫六朝書畢館泊半年熙載遣歌人秦弱蘭者詐為驛卒之女以中之敝衣竹釵旦暮擁帚掃灑驛庭蘭之容止宮掖殆無五柳乘隙因詢其迹蘭曰妾不幸夫亡無歸託身父母即守驛公姬是也情既潰失慎獨之戒將行日又以一闋贈之後數日醼于清心堂李中主命玻璃巨鍾滿酌之穀毅然不顧威不少霽出蘭於席歌前闋以侑之穀慙笑捧腹簪珥幾委不敢不

醽醁罷復灌幾顆漏危倒截吐茵尚未許罷後大為主
禮所薄還朝日止遣數小吏携壺漿薄餞于郊迨歸京
鸞膠之曲已喧闐因是竟不大用其詞春光好云好因
緣惡因緣奈何天只得郵亭一夜眠别神仙琵琶撥盡
相思調知音少待得鸞膠續斷是何年

玉壺野史卷四

欽定四庫全書

玉壺野史卷五

宋 釋文瑩 撰

翰林朱昂嘗撰莫鄧婦傳大為人倫之勸節婦全少歸周謂昭州人布衣謁太祖召便殿試時務大稱上旨擢贊善大夫當天造之初凡所任人處置從便符彥卿暴恣不法除謂鄴邑永濟縣令俾繩之彥卿聞其來魂膽俱喪凝槩郊迓謂但揖於馬上果境上數强冦刼賊傷

人彥卿受賕縱之使逸謂出令敢有藏盜者斬不數日亟獲之不鮮府即時斬決以按具奏太祖大壯之興國二年詔遣副廣南羅延吉為轉運副使以定嶺冦時奔命赴道不得與荃別後委寄繁劇嶺塞馳走不還於家二十六年父母欲奪荃嫁之荃泣謂父曰吾夫豈碌碌久困者耶食貧守死以俟之父不敢強荃執禮事舅姑益謹閨壼有法家素貧荃歲事蠶績得絲則機而為杼軸勤儉自營生計漸盛雖里之淑婦靜女罕識其容者閭

其風則愽簡疎散子漸長棄舍於外購書命師教之後產業益豐舅姑將老附塋選美邱大為壽坎松檟茂密盡得其制又為其夫創上腴田數百頃水竹別墅亭閣相望然謂在路亦修髙節以全二十六年間畢一婚二嫁皆清望之族迨謂歸俱已皓首勸夫偕老於家林焉

國初王朴竇儼講求大樂考正律吕無不協朴儼殁患無繼者後和峴故相凝之子也禮樂二學特勝前儒太祖天性悟音律末年郊饗覺雅學聲高謂學臣曰必

圭黍尺度之差詔峴平之峴精意調整而終不和歸家私謂弟嶸曰鐘管之中實聲終高主聲不甚暢亮主上其將不豫乎踰年果崩樂府中有古玉管素號叉手笛無稽也上意欲增入雅樂峴調品使合大律別立號為拱辰管詔雅樂弟嶸凝之幼子知制誥南郊贊導乘輿俯仰如畫神彩照物太宗愛之謂宰臣曰朕深欲詔嶸入翰林但恐其眸子眊然視物不正不可為近侍

呂文仲歙人為中丞有陰德咸平中鞫曹南猾民趙諫

獄諫豪於財結士大夫根蔕特固忽御寶封軒裳姓名七十餘輩自中降出皆昔委諫營產買妾者悉令窮治文仲從容奏曰吏請察其為人密籍姓名候舉選對敭之日斥之未晚真宗從之

仁宗讀五代史至周高祖幸南莊臨水亭見雙鳧戲於池出沒可愛帝引弓射之一發疊貫從臣稱賀仁宗掩卷謂左右曰逞藝傷生非朕所喜也內臣鄭昭信掌內饔十五年嘗面戒曰動活之物不得擅烹深惡於殺也

王著爲僞蜀明經善正書行草深得家法爲翰林侍書侍讀吏直太宗令中使持御劄示著著曰未盡善也上臨學益勤後再示之著曰止如前爾中人詰其故著曰帝王始工書吾或褒稱則不復留意矣後歲餘復示之奏曰功已至矣非臣所及後真宗聞之謂宰臣曰善規益者也宜居臺憲後終於殿中侍御史

郭仲儀贊真宗在藩爲皇子侍讀太宗幸東宮御製戒子篇命贊注解且令委曲講諭真宗每以純厚長者遇

之在儲宮作詩贈之畧曰該明聖典通古今發啟沖年曉典常後条大政因論事朴直上意不悦後坐入對之際宿醒未解左遷荆南因終身戒酒至卒不飲早暮餌藥亦作之其節剛若是矣

邢尚書昺本農家子深曉播殖真宗每雨雪不時憂形于色責日官所定雨澤豐凶之兆多或不中昺因進禾耜歲占三卷大有稽驗皆牧童村老歲月於畎畝間揣占所得咸平二年置經筵侍讀首以公為之昺初應五

經筵試日升殿講師比二卦取羣學發題太宗嘉其精博擢九經賜第真宗晚年多召於近寢從容延對忽一日見公衰甚御袖揜目泣曰宮邸舊僚淪謝殆盡存者惟卿爾遽賚銀千兩繒千疋曷康裕無恙果非久感疾將易簀車駕臨門公拖紳磬巾歷叙遭際上為之泣別既終又為之臨喪惟將相喪疾方有此幸

楊侍讀徽之太宗聞其詩名盡索所著得數百篇奏御仍獻詩以謝卒章曰十年牢落今何幸叨遇君王問姓

名上和之以賜翰宰臣曰真儒雅之士操履無玷拜禮部侍郎御選集中十聯寫於屏梁周翰詩曰誰似金花楊學士十聯詩在御屏中十聯詩者有江行云天寒酒薄難成醉地迥臺高易斷魂塞上云戍樓煙似直戰地雨長腥僧舍云偶題嵒石雲生筆閑遶庭松露濕衣湘江舟行云新霜染楓葉皓月借蘆花哭江為云廢宅寒塘雨荒墳宿草煙嘉陽川云青帝已敎春不老素娥何惜月長圓又云浮花水入瞿塘峽帶水雲歸越嶲州年夜云

春歸萬年樹月滿九重城宿東林云開盡菊花秋色老落殘桐葉雨聲寒余切謂公曰以天池浩露滌其筆於冰甌雪椀中則方與公詩神骨相附焉

張茂直兖人家貧善讀書少游汶上嘗買瓜於圃翁倚鋤睥睨曰子非久當斷頸下刃之際稍速則死稍緩則生果獲免必享富貴無何慕容彥超據兖例驅守埤周師破敵擁城者列坐斬斬殆盡至茂直挾刃者語之曰汝髮甚修鬒惜為頸血所污可先斷之茂直許焉將理

髮得釋免後知制誥秘書監卒
梁修撰周翰一歲後死燕凡從臣各探韻賦詩梁得春
字曰百花將盡牡丹折十雨初晴太液春上特稱之爲
史館修撰上疏自今崇德長春二殿皇帝之言侍臣論
列之事望令中書修爲時政記其樞密院事涉機密亦
令本院編纂至月終送史館自餘百司凡于對拜除授
沿革之事悉條報本院仍令舍人分直從之
李繼隆善馳驛日走四五百里征江南常往來覘兵勢

中塗遇虎射殺之與吳人戰流矢中頷胄堅不傷太祖欲拔用謂曰昇州平將獻書來當厚賞汝時軍中內侍數輩皆伺城陷爭求獻捷會有機事當入奏皆不願行繼隆獨請赴闕太祖詰其來早繼隆奏曰金陵破在旦夕上問安知臣在途中遇大風天地晦冥城破之兆也翌日捷至太祖召謂曰果如汝所料是夜城陷均其賞賞在獻捷之上除莊宅使

真宗車駕在澶淵大將王超擁兵十萬屯真定逗留不

進馬太尉知節移書詬讓復辭以中渡無橋徒涉為患
公命工度材一夕而就始肯出兵知節全義之子也七
歲父卒太祖憐念曰真羽林孤兒也召入内送國子學
列青衿胄子之間御賜今名後果有立纔三十餘為樞
密使咸平初帥秦號為善政秦質羌奠反屬二三十輩
殆二紀公悉遣歸諸番懷感終其任不敢犯邊永泉銀
錑累歲不發課不除主吏破産鞭朴累世公三奏悉已
之知延州戎之將謀入鈔值上元令大張燈景夕大開

諸門敵不測即皆引去
李士衡少得一俠者遺一劍屬之曰君他日發迹在於劍記之後為秘書監丞知劍州王均亂成都陷漢州進攻綿不下因趨門士衡預度寇至城必不能守徙金帛居民保劍關焚其倉庫厚募軍卒之流勇者得數千人賊果至公與監兵裴臻據關擊之倉廪既焚夕大水雪均衆食敗糟木皮臻與再戰斬凍餒者三千級墮崖壑者無算賊宵遁保益州馳奏既上除士衡度支員外郎

臻崇儀使公果因斂發迹以至貴顯逮卒斂亦失之雷宣徽有終李順亂為陝漕調發兵食規畫戎事大有紀律至廣安軍賊勢充斥公瀕江三面樹柵一夕陰晦賊衆掩至鼓譟舉火公安坐櫛髮氣貌自若賊既合公引奇兵出其後擊之賊驚亂赴水火死者無數遷右諫議知益州寓佛舍度賊必至命左右重閉召土人嚴更警備初夕間道而出賊圍守數重及寺壞惟得擊柝者公喜施與豐於宴犒費不足則傾私帑給之奉身止銅

器鞍勒而已頗涉道書因讀史廢書流涕曰功名者貪夫之鉤餌横戈開邊拔劔討叛死生食息之不顧及其死也一棺戢身萬事都盡悲夫景德初卒

王顯太宗在藩周瑩為給侍赤脚道者相曰此兒須為將相但無陰德爾非儒家奈寡學問他日富貴不免面牆取軍識三篇令誦之咸平三年使相出師定州便宜從事忽一日一道士通剌為謁破冠敝褐自稱酆都觀主笑則口角至耳亂鬚若剛鬣謂顯曰昨日上帝牒蕃

魂二萬至本觀未敢收於冥籍死於公之手者公果殺之則功冠於世然減公算十年二端請裁之顯謂風狂叱起後日契丹引數萬騎獵于威敵軍境即梁門也會集兩敵弓皆皮弦緩弱不可用顯引兵勁襲大破之梟名將王貫十五輩獲為羽林印二紐斬二萬級築京觀於境上露布至闕朝廷以樞相詔歸赴道數程而卒

陳彭年字永年生撫州十三歲著皇綱論萬餘言為江右名輩所重除正言待制於龍圖閣與晁少保迥戚容

學綸條貢舉事盡革舊式防閑主司嚴設糊名謄錄取字林韻集韻畧字統及三蒼爾雅定其字式爲禮部韻及廟諱之避凡科場儀範遂爲著格編太宗御集公書字甚急日可萬餘細碎急草翌日往往不能辨一旦遽卒真宗急遣中人詣其家取平生編著但破篋中得二十餘軸人不能辨唯起居院吏趙亨能辨之上召亨補二班吏令重寫之送楊大年别行改較無一字之誤者

黄晞閩人皇祐初游京師不踐場屋多以古學游搢紳

之門凡著書自號闕 子走京歷幾十年公卿詞臣無不前席晞履裂帽破馳走無倦後詞臣重晞之道者列章爲薦盡力提挽朝恩甚優授京官知巨邑有旨留國子監將有司業之命始拜勑遍謝知已才三日館於景德如意輪院一日晚歸解韉少憩謂院僧曰僕遠人也懃苦長安客路漂泊寒暑未嘗溫飽今日方平生事畢且放懷酣寢一夕請戒僧童慎無見喧僧諾之扃扉遂寢翌日大曉寂無所聞寺僧擘扉大呼已卒於榻矣

劉樞密昌言泉人為起居郎太祖連賜對三日幾至日旰捷給詼詭善揣摩捭闔以迎主意未幾以諫議知密院然士論所不協君臣之會亦隆替有限一旦聖眷忽解謂左右曰劉某奏對皆操南音朕理會一句不得因遂乞郡允之

趙參政昌言汾人太宗庭試愛其詞氣明俊擢寘甲科未幾拜中丞上幸金明池舊例臺臣無從遊之制太宗喜之特召預宴自公始也擢為樞密副使是時陳象輿

董儼俱爲鹽鐵副使胡旦知制誥盡同年生俱少年爲一時名俊梁顥嘗又與公同幕五人者旦夕會飲於樞第棋觴弧矢未嘗虛日每每乘醉夜分方歸金吾吏逐夜候馬首聲若象輿醉瀸揖其吏曰金吾不惜夜玉漏莫相催都人嘐曰陳三更梁半夜趙公因是貶崇信軍司馬淳化中以諫議起知天雄大河貫府盖豪猾輩畜芻茭者利厚價欲售之誘姦人穴其堤使潰公知之杖劒露刃盡取豪芻廩積給用其蠹遂絕又忽澶河凌府

城公籍禁旅殺牛爲酒募豪右出資散卒負土護之皆
樂從不數日水退城完就加給事叅政召還上謂侍詔
秉疾置赴中書太宗笑謂曰半夜之會不復有之公叩
陛泣謝之

真宗尹京畢相士安爲府判沈毅忠厚中書將有僉諧
太宗令輔臣歷選俱未稱旨而李相沆必欲用寇公上
曰準少年進用才銳氣浮爲朕選河朔有重德稀姓者
處其中而鎮之近臣少諭上意方以畢公進之上果喜

遂用忝大政時曹利用為樞相寇曹二人者一時狎酒往往凌詬於席公處其間嘗溫容以平之不踰月輿寇俱平章事歲餘果負重望太宗謂李沆曰朕固欲用士安者須夢數神人擁一紫綬者令拜朕曰非久當相陛下夢中熟視之乃士安也

太宗飛白書張詠向敏中二臣名付中書曰二人者皆名臣為朕記之向公自員外郎為諫議知樞密院止百餘日咸平四年除平章事後坐事出永興軍駕幸澶淵

手賜密詔盡付西鄙事公得詔藏之視政如常會邦人命國儺有告禁卒欲倚儺為亂者公密使麾兵被甲衣袍伏於夾廡幕中明日盡召賓僚兵官置酒縱閱無一人預其知者命儺入先令馳逞於中門外後召至堦公振袂一揮伏卒齊出盡擒之果各懷短刃即席誅之勦訖屛屍亟命灰沙掃庭張樂以宴賓從股慄

李文靖公沆初知制誥太宗知其貧多負人息錢曰沆為一制誥俸入幾何家食不給豈暇償逋耶特賜一百

三十萬令償之後為學士因宴上目送愛之曰沆風度端粹真佳士也後右揆居輔弼當太平無一事凡封章建議務更張善激昂輩搖鼓捭闔悉屏之謂所親曰無以報國聊用以安黎庶爾景德二年薨上臨哭之慟大呼曰天乎忠良純厚合享遐壽

呂正惠公端使高麗遇風濤恍恍摧檣折舵舟人大恐公恬然讀書若在齋閤時首台呂文穆蒙正告老甚切上宴後苑作釣魚詩獨賜公斷章云欲餌金鉤深未到

磻溪須問釣魚人意以首宰屬公公和進云愚臣鈎直難堪用宜問濠梁結網人文穆得謝果台席真宗初即位居諒闇每見公則肅然起敬未嘗名呼或以字呼上對公但稱小子公體貌魁梧庭陛頗峻命梓人別為納陛兩使外域敵主欽重後敵使者至則問曰呂公作相未太宗命蘇易簡評講文中子中有楊素遺子食經羹藜含糗之句上因問曰食品稱珍何物為最易簡對曰臣聞物無定味適口者珍臣止知虀汁為美太宗問其故

曰臣憶一夕寒甚擁爐火乘興痛飲大醉就寢四鼓始醒以重衾所擁咽吻燥渴時中庭月明殘雪中覆一齏盆不暇呼僮披衣掬雪以灌手滿引數缶連沃渴肺咀齏數根燦然金脆臣此時自謂上界仙廚鸞脯鳳腊殆恐不及屢欲作冰壺先生傳紀其事因循未暇也太宗笑而然之

文瑩丙午歲訪辰帥張不疑帥府時不疑方五十齒已踈搖咀嚼頗艱後熙寧丁巳不疑帥浙復見招為武陵

之遊凡巨臠大胾利若刀截已六十二矣余怪而詰焉得藥囙之時余滿口摇落危若懸帶謾以此藥試之輙爾再囙因求此方以療病齒者凡用之皆効題曰西華嶽蓮花峰神傳齒藥方序曰元亨在天聖中結道友登嶽頂齋宿祠祈方已遍遊三峯酌太上泉至明星館於故基下得斷碑數片剔蘚有古文洗滌而後可辨讀之乃治口齒烏髭藥歌一首慮歲月寖久剥裂不完遽録以歸而後朝之名卿鉅公訪山中故事語及者皆傳之

修製以用其効響應歇曰猪牙皂角及生姜西國昇麻蜀地黄木律旱蓮槐角子細辛荷葉蒴荷葉心子也要相當青鹽等分同燒煅研殺將來使最良揩齒牢牙髭鬚黑誰知世上有仙方不疑晚學益深經史沿革講摩縱横文章詩歌舉筆則就著梧異誌數萬言倦游録八卷觀其餘蘊尚盤錯於胷中與余武陵之別慨然口占二詩云憶昔荆州屢過從當時心已慕冥鴻渚宫禪伯唐齊已淮向詩豪宋惠崇老格踈閑松倚澗清談瀟灑坐生

風史官若覔高僧事莫把名参技術中又云碧嶂孤雲苒苒歸觧檇情緒異常時餘生歲月能多少此别應難刻後期風義見之於詩焉

長沙北禪經室中懸觀音印像一軸下有文乃故待制王元澤撰鏤板者乃郡倅關蔚宗文云都官畢彦輔郎中嘗魘去初兩緋衣召入一大府嚴甚有紫衣當案者此王也置廡下授以沙盆剔囚目使研之餘斷脘截耳不可勝數或恐懼失便溺頃一官至呵畢辭衣畢以有

官無罪官怒曰此治殺生獄豈問官耶犖窘呼觀音因者皆和而殘者舉者釋俱出犖亦出乃蘇余友吳居易與犖同官開封府言犖性朴直不苟於獄以故忤在勢者壬子歲王雱元澤記會稽關杞刻之以廣其傳庶乎世之聞見者有所警焉戊午歲題元澤病中友人魏道輔泰謁於寢對榻一巨屏大書曰宋故王先生名雱字元澤登第於治平四年釋褐授星子尉起身事熙寧天子裁六年拜天章閣待制以病廢於家云後尚有數

十言掛衣於屛角覆之不能盡見此亦得謂之達歟

玉壺野史卷五

欽定四庫全書

玉壺野史卷六

宋 釋文瑩 撰

范魯公質舉進士和凝相主文愛其私試因以登第凝舊在第十三人謂公曰君之辭業合在甲選暫屈為第十三人傳老夫衣鉢可乎魯公榮謝之後至作相亦復相繼時門生獻詩有從此廟堂添故事登庸衣鉢亦相傳之句初周祖自鄴起師向闕京國罹亂魯公遁迹民

閻一旦坐對上卷茶肆中忽一形貌怪陋者前揖云相公無慮無慮時暑中公執一葉素扇偶寫大暑去酷吏清風來故人一聯在上陋狀者奪其扇曰今之典刑輕重無準吏得以侮何啻大暑耶公當深究獄弊持扇急去一日於祆廟後門一短鬼手中執其扇乃邸中見者未幾周祖果以物色聘之得公於民間遂用焉憶其陋鬼之語首議刑典疏曰先王所恤莫重于刑今繁苛失中輕重無準民罹橫刑吏得侮法願陛下留神刑典深軫

無告世宗命公與臺官劇可久知雜張湜聚都省詳修
刊定惟務裁減太官供膳殆五年書成目曰刑統
張尚書詠再知益州轉運使黃觀以治狀條奏下詔褒
美時賊鋒方斂紀綱過肅蜀民尚懷擊柝之惴而嘉
邛二州新鑄景德大鐵錢利害未定横議蜂起朝廷慮
之遣謝賓客濤為西川巡撫上臨軒喻之曰詠之性剛
決强勁卿之仁明和恕徃濟之必無遺策宜以朕意
喻詠賴卿在彼朕無西顧之憂每事宜與濤協心精

議副朕倚屬謝公至蜀明宣寬詔尚書公忭蹈泣拜舉率從稟並彎撫勞西蜀遂安太祖受禪以韓王普有佐命扈勳除右諫議大夫樞密直學士未幾范質罷相以公為門下侍郎平章事既冠台府參總廟權參政呂餘慶辭居正雖副之但奉行制書備位而已不宣制不預奏事不押班每府候對長春殿廬啟沃大小之務盡決於公兼權之議諠於時論會李繼遷擾邊用公計封趙保忠守夏臺故地因令滅

之保忠翻與繼遷合謀為邊患河西極擾咎歸于公因不得專政詔令參政吏掌印押班奏事分其權也舊制宰相報到未刻方出中書會歲大熱特許公才午歸第遂為永制年七十一病久無生意解所寶雙魚犀帶遣親吏甄潛者詣上清太平宮醮星露懇以謝往咎上清道錄姜道元為公叩幽都乞神語神曰趙某開國忠臣也奈何寃累不可逃道元又叩乞所寃者神以淡墨一巨牌示之濃煙罩其上但牌底見大字爾潛歸

公力疾冠帶出寢涕泣受神語閲牌底大字公曰我知之矣此必秦王廷美也然當時事曲不在我渠自與盧多遜遣堂吏趙白交通其事暴露自速其害豈當咎予但願早逝得面辨于幽獄曲直自正是夕普卒上感悼涕泗自撰神道碑八分御書賜之

真宗中年多戒不豫欲權弭聽斷養和于西林園即太清樓也議委政于皇太子加冠監國用王沂公曾以輔之時中丞王臻不喻上意議方下遽以疏上云臣

聞欲行皇子冠左傳異議曰以星冠為年紀十二而一周於天道備故所以人君十二始冠冠弁也行之於廟漢已還間有即位而冠者皆出於不得已也故改其名為加元服皆漢儒因事旋講實非古也冠義云冠者禮之始也王教之本今皇子未成俾冠而臨國冠道未成不冠而監豈可以童子之道理焉唐景雲三年睿宗欲以皇太子監召三品以上官建議羣臣莫敢對者臣切謂茲事體重陛下春秋未高伏望陛下念萬國調

順氣劑存真納和不必過計社稷萬靈扶擁聖躬云時以政出宫闈不敢妄决一作下無敢决議者遂寢昝太尉居潤博州人不識字每披牘以左手捉巨筆一畫長畫寸餘雖狡吏善詐也摹之則敗沈相義倫在幕府謂所親曰吾觀沈推官五載未曾妄發一笑一語行步端重如履廟堂吾見則禮敬之必為宰相遂力薦於太祖稱沈沉厚可用後果作相昝恨其不知書昝氏子孫皆召於家建學立師傅如已子教之以報其知人之德

也

太祖採聽明遠每邊閫之事纖悉必知有間者自蜀還

上問曰劔外有何事間者曰但聞成都滿城誦朱長山

苦熱詩曰煩暑鬱蒸無處避涼風清冷幾時來上曰此

蜀民思吾之來伐也時雖已下荆楚孟昶有唇亡齒寒

之懼而討之無名昶欲朝貢王昭遠固止之乾德三年

昶遣諜者孫遇齎蠟丸帛書間道往太原結劉鈞為援

為朝廷所獲太祖喜曰興師有名矣執間者命王全斌

率禁旅三萬分路討之俾孫遇指畫山川曲折閣道遠近令工圖之面授神算令王全斌往焉曰所克城寨止籍器甲芻斛爾若財帛盡分給戰士王師至蜀昶遣王昭遠師師來拒未幾相繼就擒昶始降執昶赴闕大將王仁贍自劍南獨先歸闕乞見恐已惡暴露歷數全斌等數將貪黷貨財弛縱兵律為所訴反欲自斃太祖笑謂仁贍曰納李廷珪妓擅開豐德庫取金寶此又誰邪仁贍惶怖叩伏待罪上又曰此行清介畏慎但有曹

彬一人爾臺臣請深治征蜀諸將横越之惡太祖盡釋之

魏人柴公以經義教里中有女子備後唐莊宗掖庭明宗入洛遣出宫父母往迎之至洛遇雨踰旬不能進其女悉以奩具計直十萬分其半與父母令歸大名曰兒見溝旁郵舍隊長黝色花項為雀形者極貴人也願事之父母大愧之知不可奪問之即郭某乃周祖也因事之執箕箒之禮一日謂其夫曰君極貴不可言然時不

可失妾有五萬願奉君以發其身周祖因其貲得為軍司其父柴公平生為獨寢人傳司冥間事一日晨起忽大笑妻問之不對但笑不已公惟喜飲妻逼極醉因漏泄其事曰花項漢將為天子後果然

王彦儔上蔡人五代之際為本郡軍校材質雄偉剛毅有謀勇冠羣卒久欲奮發而無其端一旦同列輩五六人者告彦儔曰天下紛紛能者可立吾輩何忍端坐以温飽自惰耶可相與起事以圖富貴乎彦儔私自計曰

此六人者死氣侵面是為我迹也遂許之曰吾今夜正當宿直君輩可持短兵入吾奉為内應富貴之來不出今夕六人者喜是夜皆至彥儔伏甲於内盡殺之持其首詣閤泣告刺史曰巡警無狀致姦盜發已伏其罪矣願公親出以撫衆刺史驚喜而出方慰勞次彥儔立斬之遂據于蔡明日籍其六家郡中震恐無敢動者後朝廷力討之勢不能守奉其母奔金陵郡李先主待喜其來至其家親拜其母以彥儔為和州刺史

一巨商姓段者蓄一鸚鵡甚慧能誦隴客詩及李白宫
詞心經每客至則呼茶問客人安否寒暄主人惜之加
意籠豢一旦段生以事繫獄半年方釋到家就籠與語
曰鸚哥我自獄中半年不能出日夕惟只憶汝汝還安
否家人餵飲無失時否鸚哥語曰汝在禁數月不堪不
異鸚哥籠閉歲久其商大感泣遂許之曰吾當送汝歸
乃特具車馬攜至秦隴揭籠泣放祝之曰汝却還舊巢
好自隨意其鸚哥整羽徘徊似不忍去後聞止巢於官

道隴樹之末凡吳商驅車入秦者鳴於巢外問曰客還見我段二郎安否悲鳴祝曰若見時為我道鸚哥甚憶二郎余得其事於高虞晉叔事在熙寧六七年間

慶歷壬午歲王師失律於西河好水川亡没數巨將劉平葛懷敏任福等石元孫陷敵急奏入已旬餘大臣因緩之仁宗因御化成殿一寬衣老卒擁帚掃木陰下忽厲聲長嘆曰可惜劉太尉上怪問何故獨語此老卒曰官家豈不知劉太尉與五六大將一時殺了上驚問汝

何閒此老卒因捻帛解衣帶書進呈曰臣知營州西虎翼一營盡析臣婿亦物故於西陣此書乃家中人急報也上以書急召執政視之大臣始具奏臣實得報恐未審候旦夕得其詳議奏聞乞自寛聖慮上厲聲曰事至如此猶言自寛聖慮卿忍人也冢宰因謝病乞骸骨

盧文進范陽人少從軍身長八尺姿貌偉異名振薊莊宗連兵於兩河屢戰勝一夕忽敗夜走馬墜澗中才及水一躍而出明日視之乃郡之黑龍潭絶岸高險深不

可測文進知有神助已氣因復振收餘衆會食於野一
巨蛇長十丈餘長逕至坐所衆皆奔避獨文進不動蛇
引首及膝文進以匕筯取食飼之訖蛇蜿蜒方去奔敗
之際物情意阻舉人入契丹敵主厚遇使卒兵知鎮莫
又與莊宗連戰明宗即位老思南土部曲皆華人復還
中國明宗親加宴勞因詔得封大將軍八十二無病卒
卒之日星殞於寢大如盃文進㱔赤光丈餘與星相接
王輿為江南楊氏軍中小校少從軍為潤州中巨弩射

右目其矢穿左目而去旁二人中矢死之興卧病百日餘乃愈至老不聾亦無瘢迹又嘗攻潁夜有道士告之曰但有流星下墜能避之則富貴不可名不爾則斃及旦興拔劒倚柵木監兵城中飛大石正中其柵及興盤甲皆糜碎而壞興曰流星乃此也益自貴重終為使相

徐登者山東人世傳近二百歲得異術以固齡體縉紳所以待禮焉鄭翰林公鎮荊南唐詔彥範漕湖北二公以廣成浮邱禮之館於楚望登無他奇朴直不矯不以

屑事干公勸毅夫嘗言登雖不以實年告人每說周末國初事則皎如目擊校之已百五十六歲爾文瑩與登游鄭館歲餘惟喜飲醇酎經月不一粒食殊不知書一夕不告鄭公夜奔景陵投道復守陳少卿宗儒以訖死死之日親書到荆辱謝公公甚嗟悼屬陳公曰吾死後當窽棺前後以竹二枝等吾身斂之後三十年當剖棺此實知也遂殯北塔僧園後二年陳少卿知壽州因事詣闕補官遣枉道至景陵恐其屍解剖棺視

之則已腐敗世之匿方士者登可鑑焉

太祖一日幸禁林謂朱翰林昂曰漢宣帝最好勤政尚五日一視朝萬務寧無壅積耶朕則不敢輒怠也公因得談言臣聞堯舜優游巖廊之上亦萬幾允正唐太宗天下太平房喬請三日一視朝臨政高宗寰宇寧靜長孫無忌請隔日視事悉從自後雙日不坐隻日御視五日一闢延英遂為通式今庶政清簡百執猶寧居於私第惟陛下凝旒聽覽[illegible]無暇宜三五日一臨軒養洪算

蹈太和合動直靜專之道扃攝思慮保御真氣後中書知之與臺諫繼陳奏請臣等切見朱昂之請對深協至治仍乞徇所陳久而纔允

王狀元君貺天聖庚午甲科及第元豐戊午垂五十年方有重金之賜謝表特優畧云横金三紀未佩隨身之魚賜帶萬釘改觀在庭之目豈伊散任得拜恩章車服以庸品儀等辨國朝故事惟二府刻毬路之花文武近班通一例號遏仙之樣獨承面命度越朝規此蓋陛下

龍學老臣禮加常制憫事三朝之舊俾偕四府之崇奉以垂腰既表重鏐之麗寶之在體更增上笏之華

玉壺野史卷六

欽定四庫全書

玉壺野史卷七

宋 釋文瑩 撰

夏侯嘉正荆南人劉童子者幼藹善聲骨及命術謂曰將來須及第亦有清職惟特膂貴自餘俱弱已俸外别有横入不病則死後至正言直館充益王生辰使得金幣方輦歸私第欲留之為潤屋忽一緡起立久而後仆遂感疾月餘而卒

太宗上御樓觀燈嘉正進十韻末句云兩制誠堪美青雲侍玉輿不憚賜和以規之有薄德終懸舉通才例上居之句喜丹竈嘗曰使我乾得水銀半兩知制誥一日平生足矣二願俱不遂而卒

後唐天成二年太祖生於西京夾馬營至九年闕以名其巷曰朕憶昔得一石馬兒爲戲闕不知在否

斷之果得然大愛其山川形勢有遷都之意李懷忠爲

雲騎指揮使諫曰京師正得天下之中黃汴環流漕運儲廩可仰億萬不煩飛挽之勞國家養士練兵宗廟禁掖若太山之安根本不可輕動也遂寢議謁永安陵奠哭為别曰此生不得再朝於此也即更衣取弧矢登闕臺望西北鳴弦發矢以定之矢委處謂左右曰即此乃朕之皇堂也以向得石馬埋於中又曰朕自為陵名曰永昌是歲果宴駕

李度顯德中舉進士工詩有醉輕浮世事老重故鄉

人之句多謂之王朴為樞密止以此一聯於中文炳知
舉遂擢為第三人嘲曰主司只誦一聯詩
唐陸禋續水經嘗言蛇雉遺卵於地千年而生蛟龍屬
漢武帝元封中潯陽浮江親射蛟於江中獲之乃是也
其破殼之日害於一方洪水飄蕩吳人謂之發洪余少
時嘗游杭州西城縣之伊山目擊此事晚春忽茂草中
一雌雉飛起丈餘翅翼零亂又復入草中數四不絕久
而不出余切恠之薙草往觀果一巨蛇一雌雉蟠結纏

糾津沫狠藉斯須雉驚飛而蛇亦入草中始驗裡之說不誣

丁文果司天監丞無他學惟善射覆太宗時以爲娛一日置一物品器中令射之果乃課其經曰藹藹華華山中採花雖無官職一日兩衙啟之乃數蜂也又令壽王邸取一物令射之果曰有頭有足不石即玉欲要縮頭不能入腹啟之乃蠟書石龜也即日賜緋并錢五萬

祥符中契丹使至因言本國喜誦魏野詩但得上帙願

求全部真宗始知其名將召之死已數年搜其詩果得草堂集十卷詔賜之魏野字仲先其詩固無飄逸俊邁之氣但平朴而常不事虛語爾如贈寇萊公云有官居鼎鼐無地起樓臺及謝寇萊公見訪云驚回一覺遊仙夢村巷傳呼宰相來中的易曉故北俗愛之野與孟津詩人李瀆為詩友野鑿室於陝郊曰樂天洞瀆結廬於中條山曰浮雲堂皆樹石清幽各得詩人之趣瀆字長源一日自孟津訪別於野曰數夕前忽一人來床下誦

曰行到水窮處未知天盡頭余猶規其誤曰豈非坐看雲起時乎答曰此雲安能起耶又非夢寐亟窺之空無一物此必死期先報故來相别遂痛飲數夕而還還家未幾而卒

曹武毅翰魏人也曹武惠彬真定人也二曹皆著名人多謂之同宗翰有宏材偉特之度能詩有玉關集領金吾日當直太宗詔與語曰朕曾覽卿詩有曾經國難披金甲恥為家貧賣寶刀他日燕山磨峭壁定應先勒大名曹

頗佳朕每愛之翰因叩謝征幽州為東路豪寨總管善風角一夕角聲隨風至帳翰促令操帶曰寇至之兆也未幾果然大敗其寇於城下從征幽州率以部分攻城忽得一蟹翰曰水物何陸棲失依據也而足多有救又蟹者觧也其將班師乎果然其精敏率如此

開寶初太宗居晉邸殿前都虞候奏太祖曰晉王天日姿表恐物情附之為京尹多肆意不戢吏僕縱法以結豪俊陛下當圖之上怒曰朕與晉弟雍睦起國和好相

係他日欲令管句天下公事麗狂小人敢離我手足耶
亟令誅之殆太宗纂承高陽關奏妖氣夜起亘北陸臣
聞崔翰領節高陽恃功驕恣横越兵律陛下宜召還誅
之以厭氣祲上曰是何言歟朕常秉怒誅張瓊至今痛
恨若翰者朕以其能拔於行伍遂建節旄料渠肯辜朕
也上遣一詞臣宣撫慰勞而已祆祲自消邊心亦寧
開寶九年錢忠懿俶來朝上遣皇子德昭迓於南京車
駕爲幸禮賢宅撫視館餼什物庭墀俶至詔處之賜劔

復上殿書詔不名妻子俱朝封妻為吴越國王妃召父
子宴射苑中諸王預坐一日賜俶獨宴惟太宗秦王侍
坐上愛俶姿度凝厚笑曰真王公材俶拜謝中人掖起上
遣太宗與俶齒為昆仲俶循走叩頭泣謝曰臣燕雀微
物與鸞鳳序翼是驅臣於速死之地也獲上將幸西京
乞扈從不允曰天氣向熱卿宜歸國宴別於廣武殿後
三年來朝宴於長春殿劉鋹李煜二降王預焉未幾會
陳洪進納土俶情頗危懼乞罷吴越王詔書願呼名不

允從征太原每晨起雞初鳴先與羣臣候於行在嘗假寐於寢廬上知之諭曰知卿入朝太早中年宜避霜露每日遣二臣燭上領引於前頓候謁而已駕至幷門繼元降上御崇臺蹵其拒王師者流血滿川上顧儆曰朕固不欲爾蓋拔邑之惡勢不可已卿能自惜一方以圖籍貢朝不血於刃乃爲嘉也儆但叩頭怖謝非久身留於朝願納圖貢土昆蟲草木亦無所傷朝廷遣旻知杭州至則悉以山川土籍筦鑰數敬授於旻遂起遣兵民投闕儆

最後入覲知必不還離杭之日遍别先王陵廟泣拜以辭詞曰孫假不孝不能守祭祀又不能死社稷今去國修覲還邦未期萬一不能再掃松檟願王英德各遂所安無恤墜緒拜訖慟絶幾不能起山川爲之慘然

永平中延平津一神劒夜懸於空光掩星斗其劒上長三尺許每天地澄霽隨斗而轉啟明東起則没時或浮於津面漁者見之近則漸沉遂置劒州於延平津割劒州之劒浦汀州之沙縣隸焉

文瑩至長沙首訪故國馬氏天策府諸學生所著文章擅其名者惟徐東野李雄皐爾遂得東野詩浮脆輕豔鉛華嫵媚侑一時樽俎爾其句不過牡丹宿醉蘭蕙春悲霞宫日城翦紅鋪翠而已獨貽汪居士一篇庶乎可採曰門在松陰裏山僧幾度過藥靈圍不大棊妙子無多䆃霧籠寒逕殘風戀綠蘿金烏兼玉兎年歳奈君何又得雄皐雜文十卷皆𦝫枝章句蹩躠者亦能道信乎文之難也

錢熙泉南才雅之士進四夷來王賦萬餘言太宗愛其才擢官職有司請試上笑曰試官前進士趙某親自選中嘗撰三釣酸文舉世稱精絶略曰渭川凝碧早拋釣月之流商嶺飛青不逐眠雲之侶又曰年年落第春風徒泣於遷鶯處處羇游夜雨空傷於斷雁其文千言率類於此卒鄉人李慶孫為詩哭之曰四夷妙賦無人誦三釣酸文舉世傳

翰林鄭毅夫公晚年詩筆飄灑清放幾不落筆墨畛閫

入李杜深格守餘杭日因送客西湖艤舟文瑩舊留詩於壁云春入蘿迹靜浪花翻遠晴又東飛江雲北飛燕同寄春風不相見又餘杭郡閣云雨影橫殘虹秋容陰映日寒江帶暮流晚角穿宵幕雲峯翠如織宿鳥去無迹封書寫所懷聊託荆門翼又罷翰林行次南都遇雨云雨聲飄斷忽南去雲勢旋生從北流料得涼風消息好蕭蕭已在柳梢頭又老火燒空未擬收急驚快雨破新秋晚雲濃淡落日下只在楚江南岸頭時頗謝其氣象

不遠後觧杭麾將赴青杜以病因泊舟楚岸遂卒其語已兆於先嘗謂文老不衰者止見今大參元厚之綘頂在禁林懷荆南舊遊云去年曾醉海棠叢聞說新枝發舊紅昨夜夢回花下飲不知身在玉堂中詞氣畧不少衰又贈魯公垂八十筆力尚完時曾子宣内翰林守鄆暘手寫一柬慰之畧云扶搖方遠六月去而不息消長以道七日自當來復吾友中秘書楊經臣博贍才雅而嘗誦之經日謂余曰此非知其然而為神驅於氣使

之為爾

乾德九年正月乾元殿受降王朝扈蒙參定其議有李

朴請誅之制甚繁具本文蒙繼上聖功頌次年將東封

又進御劄草上愛之批於紙尾奬之云聖功頌及此辭

無一字可議後應制後苑詩有微臣自媿頭如雪也向

鈞天侍玉皇上和以賜曰珍重老臣純不已我慙寡昧

繼三皇為之美傳

楊信高陽人忠朴善御士卒開寶二年為散指揮靡舍

直大內之北一夕中夜忽夢臣鑑斷勑叩其寢信驚起披衣曰大庭必有警果太祖開元武門急召信入禁中擒叛黨杜廷進之十九人陰以姓名授之黎明盡為信所捕擒至便殿不用吏鞫而詰得實悉戮於市信忽患瘖太祖惜其善撫轄以重兵之柄委之雖不能語而申明紀律嚴肅有度有量曰王奴者天賦甚惠善揣信意凡奏事及指揮軍律賓客語論但回顧王奴畫掌為字悉能代信語輕重緩急使否避就盡協其意病將革忽

能語太宗異駭親幸其第信力疾扶於榻感泣叙音詞明徹至死猶叩頭乞嚴邊備無忽亭障信泣太宗亦泣至翌日卒賜瑞玉小玦爲含

田重進爲范陽人不識字忠朴有守太宗在藩邸以酒餌賜之拒而不受使者曰晉王賜汝重進曰我只知有官家誰能要他人酒食乎人語太宗極許之後鄭文寶出漕陝右上囑付曰田某先帝宿將勇毅宣力卿爲朕善待之

太原將平劉繼元降王隨鑾輿將凱旋而三軍希賞諸將遽有平燕之請未敢聞上崔翰者晉朝之名將也奏曰當峻坂走丸之勢所必至順此若不取後恐噬臍上然之改鑾北伐功將即而班師因整旅徐還無何至金臺驛王師失制間或南潰者數千騎上遣翰以兵追之翰奏曰但乞陛下不問奔潰之罪臣願請單騎獨往當撝之而歸上許之翰箠馬獨往追之將及揚鞭大呼諸君不須若爾何傷乎料主上天鑒處置精明君等久負

堅執銳衛駕遠征一旦小忽豈不念父母妻子憶戀之
苦耶上特遣吾邀爾輩同還宜知幾速反衆稍稍聽遂
收身而還夜半至營各分部直雞犬亦不鳴上善容觧
金帶賜翰曰此朕落邸時所繫者
端拱中或言戚敵軍糧不續敵乘其虛將欲窺取朝廷
大將李繼倫發鎮定卒萬餘護送芻糧數千輜車將實
其廩敵諜報之率精銳萬餘騎數來巡徼邊野忽當敵
鋒敵蔑視而不顧勁從前掠倫謂麾下曰敵氣銳於進

吾當卷甲銜枚掩其後以擊之蛇貪前行必忘其尾豈虞我之至耶遂飽秣飫膳伺其夕懷短兵暗逐其後至唐河天未明敵騎去我軍將近遂釋鞍會食罷將戰倫舉兵一麾如拉枯朽塞雞越旦舉乙方食短兵擊折一臂秉馬先遁一皮室擊死之皮室者敵帳也分飛潰亂自蹂踐北窺之患遂已繼倫面色黧塞人相戒曰黑大王不可當後淳化中著作孫宗諫陷北歸太宗召見面詰敵廷事宗諫備奏唐河之役上始盡知嘆曰奏邊者

忌其功不狀其實以昧朕非卿安知遽加防禦使賈黃鐘乃詹造華夷圖丞相耽四世孫七歲舉童子開頭及第李文質昉以詩贈之七歲神童古所難賈家門戶有衣冠七人科第排頭上五部經書誦舌端見榜不知名字貴登筵未識管絃徵從茲穩上青霄去萬里誰能測羽翰後興國中叅太宗大政性極清畏嘗知金陵一日案行府寺覩一隙舍扃鐍甚嚴公怪之因發鑰得寶貨數十巨積乃故國宮闈所遺之物不隸于籍

數不可計公亟集僚吏啟其封悉籍之以表上上嘆曰
貪黷者籍庫之物尚冒禁盜況亡國之遺物乎賜錢三
百萬以旌其潔事母孝不幸年五十六先母而逝太宗
恤其家既葬其母入謝上面撫之勿以諸孫及私門之
窘自撓朕常記之
梁丞相適頃爲詳議官審刑議事廳舊在中書之旁廨
舍院之右朋僚觀瞻者往往時過笑語公以政堂逼近
竊不自安因命筆題廳之東告來者曰紫垣甚近黃閣

非遥僚友見過幸低聲笑語適謹啓後紫垣黄閣不十
年登之語兆之應也若凡公之祖顥守太素鄆人應熙
寧二年甲科司諫知告羣臣封事悉付公并薛公映詳
定可否多所弃斥子固守仲堅用父蔭賜進士出身服
闋詣登聞讓前恩命願鄉舉果祥符二年亦擢甲科
錢文僖若水嘗率衆過河號令軍伍分布行列悉有規
節深為武將所伏上知之謂左右曰朕嘗見儒人談兵
不過講之於樽爼硯席之間於文字則引孫吳述形勢

皆閒暇清論可也責之於用則臨事罕見有成効者今
若水亦儒人曉武可嘉也時北戎猶擾上密以手劄訪
之公奏曰制邊滅戎之策無他臣聞唐室三百年而魏
博一鎮屯戍甚少不及今日之盛犬戎未嘗侵境蓋幽
薊為唐北門命帥屯兵以鎮之稍有侵軼則呼噏可應
敵時言者請城綏州積兵以禦黨項詔公自魏乘傳疾
往按至則乞罷時論韙之上嘗謂左右朕覩若水風骨
秀邁神仙資格苟用之則才力有餘朕止疑其壽部促

耳後果然

玉壺野史卷七

欽定四庫全書

玉壺野史卷八

宋 釋文瑩 撰

太宗御廐一馬號碧雲霞折德扆獲之于燕澗因貢馬口角有紋如碧霞夾于雙勒圉入飼秣稍跛音責倚失恭則蹄齧吼噴怒不可解從征太原上下岡阪其平如砥下則伸前而屈後登高則能反之太宗甚愛上樽餘瀝時或令飲則嘶鳴喜躍後聞宴駕悲顇骨立真宗遣從

皇舉于熈陵數月遂襲詔令以㡚幃埋桃花犬之旁

黨進者朔州人本出溪戎不識一字一歲朝廷遣進防

秋于高陽朝辭日須欲致詞叙别天陛閤門使吏謂進

曰太尉邊臣不須如此進性張狠堅欲之知班不免寫

其詞于笏俾贊于庭教令熟誦進袍笏前跪移時不能

道一字忽仰面瞻聖容厲聲曰朕聞上古其風朴畧願

官家好將息仗衛掩口幾至失容後左右問之曰太尉

何故忽念此二句進曰我嘗見措大們愛掉書袋我亦

掉一兩句也要官家知道我讀書來

興國中太宗召陳摶赴闕隱華山雲臺觀年百餘歲世宗拜諫議不受始四五歲時戲渦水側一青衣媼抱置懷中乳之曰令汝更無嗜慾之性聰悟過人先生有高識嘗戒門人种放曰他日遭逢明主不暇進取迹動天闕名馳寰海名者古今之美器造物者深忌之天地間無完名子名將起必有物敗之戒之故至晚節修飾過度營産淄雍鐫閭門人戚屬以怙勢强併歲入益厚遂

裴清節時議凌忽王嗣宗守京兆乘醉慢罵條奏于朝會赦方止祥符八年歲旦山齋曉起服道衣聚諸生列飯取平生文藁悉焚之酒數行而逝奇男子也

蘇内翰易簡在禁林八年寵待之深嘗出夷等李相沆入玉堂後于蘇一旦先除叅政以公爲承旨賫與叅政等蘇不甚悅上謂公曰朕與正舊典先合用卿即正台宰然庶欲令卿延亭壽基稔育聞望乃先用沆卿宜兼懲蓋知其齡促也公以母老急于進用因乾聖節進内道

場醮步虛十首中有玉堂臣老非仙骨猶在丹臺望太階上悉其意俾叅大政未幾歲卒年三十九上嗟悼為之雪涕賜挽詞斷云時向玉堂尋舊迹八花磚上日空長

王沔字楚望端拱初叅大政敏于裁斷時趙韓王罷政出洛呂文穆公蒙正寛厚自任中書多決于沔舊例丞相待漏於廬燃巨燭尺盡始曉將入朝尚有留接遣決未盡沔當漏舍止燃數寸事都訖猶徘徊笑語談方曉上每試舉人多令公讀試卷素善讀書纔文格下者能

抑揚高下迎其辭而讀之聽者無厭經讀者高選舉子當納卷祝之曰得王楚望讀之幸也

王叅政化基興國二年及第于吕蒙正牓釋褐授贊善知鳳州趙韓王學術平淺議于驟進之少年無益于治抽詔改淮幙公嘆曰不幸丞相以元勲自恃特忌晚進男兒既逢明時豈能事幙府承迎于婉畫之末乎抗疏自薦表稱定男子公常慕范滂有攬轡澄清天下之志遂撰澄清疏畧皆切于時要太宗壯之曰化基自結人

主慷慨之俊傑也亟用之猶著作郎三司判官左拾遺召試中丞補闕知誥翹楚有望尤善爲詩感懷有美璞未成終是寳精鋼寧折不爲鉤之句可見其志矣後參大政趙鎔以宣徽使知密院上特命叅政班在宣徽之上唐彦猷侍讀詢弟彦範詔俱擅一時才雅之譽彦猷知書好古彦範文章氣格高簡不屈踈秀比六朝人物尤精翰墨遺一小劄亦必詳雅有意忽一客攜黄荃梨花臥鵲于花中斂羽合用價數百緡彦猷畜畫家多開篋

出蜀之趙昌唐之崔㬎數品花較之俱所不及題曰錦江釣叟黄荃筆彦猷償其半因暫留齋中少玩絹色晦淡酷類古縑彦猷視其圖角有巨印徐少潤揭而窺之乃和買絹印彦範博知世故大笑曰和買始于祥符因王勉知潁州歲大飢出府錢十萬緡于民約曰來年蠶熟每貫輸一縑謂之和買自爾為例黄荃唐末人此後人矯為也遂還之不受其詆

徐省騎鈕事江南後主為文館學士隨煜納圖太宗奇

責之不能諷煜早獻圖貢鉉對曰臣聞四郊多壘卿大夫之辱也為人謀國當百世不傾諷王納疆得為忠乎太宗神威方霽曰今後事我亦當如是鉉不幸為學士坐請求尹京張去華以一親故詿重辟諷去華上言貫索星見請曲赦纖獄坐是削官為靜難軍司馬後端居不出銘其齋以自箴曰爰有愚叟樓此陋室風雨可蔽庭戶不出知足為富娛老以佚貂冠蟬冕虎皮羊質處之無斁永終爾吉竟卒于邠鉉晚年作詩愈工游木蘭

亭云蘭舟破浪城陰直玉勒穿花苑樹深觀水戰云千帆日助陰山勢萬里風馳下瀨聲病中云向空咄咄煩書字與世滔滔莫問津謫居云野日蒼茫悲鵩舍水風陰濕敝貂裘陳秘監歸泉州云三朝恩澤馮唐老萬里江關賀監歸宿山寺云落宿依樓角歸雲擁殿廊弟鍇詞藻尤贍年十歲羣從燕集令賦秋聲詩頃刻而就畧云井梧分墮砌塞雁遠橫空雨滴苔莓紫風歸薜荔紅盡見秋聲之意

至道二年曹璨自河西馳騎入秦賊還萬餘衆寇靈州上問呂相端趙樞密鎔平戎之畧呂奏曰容臣等共陳利害為一狀進呈時張洎對上前斥端曰居啟沃之地君問即對邊城之急豈容冥搜打思檢閱補綴深失訏謨之體端奏曰洎不過揣摩陛下意爾上為之嘿笑洎善事內臣動息先知蓋上意久欲棄之果翌日先於兩府獨抗一疏盛言乞棄靈武深邊餽運斗粟傾費蜀車野宿狐迴難援泉源高涸莫屯厚兵云上謂向敏中曰

洎果為吕端所料朕嘗不喜劉蟠輩動即迎合以卜朕意令洎亦然以疏還之謂洎曰卿所陳朕不會一句頃在翰苑眷遇特厚凡篇章褒答止謂之翰長儒臣由此少解馬寇萊公給事中知吏部選時張洎亦為給事中掌考功官序雖齊視洎乃為屬曾寇少年進用才鋭氣勇復為首曹嫌洎不以本司官長奉洎又以老儒宿德閟望自持不肯委節事寇洎坐寇視事罷則揖中對書終日危坐伺候于省門一揖而退不交一談寇一日忽

于庭雀一詩玩洎畧曰少年挾彈多狂逸不用金圓用蠟圓盖譏洎頃在江南重圍中為李煜草詔于蠟圓中追于江救兵之事也洎不免强顔附之後稍親暱其辨誦談笑横飛于席間寇胷中素緼蓄不發者盡為洎籍而取之因是大伏遂推于朝力加薦擢

太宗推戴喜臺憲動畏彈奏雍熙九年春讌上歡甚時滕中正權中丞上謂羣臣曰朕所樂者非歌舞樽罍蓋時平民康與卿等放懷同慶爾顧中丞曰三爵之飲宴實

爲常禮朕與羣臣徹常算快飲數盃可乎中正奏曰臣聞文王在鎬與魚藻同樂古之誠者但恐湎淫失度爾今君臣熙洽穆穆皇皇徵臣敢不奉詔殿上皆呼萬歲遂以虛爵遍授俾資飲焉

孔承恭上言舉令文賤避貴之類四條乞置木牌立于郵堠以爲民告訴行之一日太宗問承恭曰今文中貴賤長少輕重各有相避並訖何必又云去避來此義安在承恭曰此必戒于去來者互相回避爾上曰不然偕

使去來相避止相撞撞于通衢之人密如交蟻焉能一一相避哉但恐設律者别有他意其精悉若是

太宗深惜民力擢樊知古為諫議河北東西都轉運使

自樊始也奏請修河北諸城計木五百萬條畚鑁什具七百萬事上曰大河乃天設巨塹以限夷夏匈奴豈有違天限之勢乎萬里長城金湯之固又奚為哉重困吾民損和傷事所陳過當宜罷之詔有司量給材用修整

樊知古江南人無鄉里之愛舉于鄉不獲第因謀北歸

獻計于朝以鈞竿漁于采石江凡數年横長絙量江水之廣深絙或中沉因有物波低助起必知其國之亡遂伏策謁太祖奏曰可造舟為梁以濟王師如履坦途送學士院本科及第遣湖南督匠造黄黑龍船于荆南破竹為索數千艦由荆南而下舟既集奏采石磯試焉客若斛斛不差尺寸知古舊名若水太祖以其聲近溺兵之獻故改之江南平為侍御史邦人怨之累世坵木悉斬焉

太宗親征北敵師還途御制詩有鑾輿臨紫塞朔野凍雲飛遂令何蒙進鑾輿臨塞賦朔雲飛詩召對嘉賓授賛善詩有塞日穿痕斷邊雲背影飛縹緲隨黃屋陰沉護御衣俄一縣尉宋捷不已諸科亦扣行在乞免文解其表面籤題云進上官家趙滉瀆旒扆有司亟請至銀臺應奏御文字先經本臺奏駁方進因而少戢

許讓知益州歸首奏曰乞預為劍外之備上怪問之讓曰臣觧秩時實無蜂警蜀民浮窳易擾難安以物情料

之但恐狂悖不測既而不久李順果叛時皆伏其先見朝廷遣王繼恩討之既平除張乖崖知益州繼恩等素失督御之畧師旅驕狠詠密奏乞命近臣分屯師旅以殺其勢朝廷命張鑑往上召對後苑鑑雖進士本出將家奏曰成都新復軍旅未知闇使命遽至貿易戎伍慮有猜懼變生不測乞假臣一安撫之命臣至彼自措置上嘉納後果以川峽分為益梓利夔四路代還拜諫議朝廷議城古威州遣訪鄭文寶公奏曰欲城威州不若

先建伯魚青岡清遠三城為頓歸師之重地俟秦民稍蘇闢營田積邊粟修五原故積之地黨項之首豪為我鷹犬若爾則不獨措注安西亦可綏服河湟此定邊之勝策也朝廷從之建興三城之役費緡粟數十萬計西民若之一夕盡為山水蕩去又奏減觧池鹽價損課二十萬緡貶藍山枝江長壽三縣令累年方牽復工部員外郎轉運使文瑩頃游郢中二邑僧壁尚有公之詩郢城新亭曰每到新亭即歇歸野香經雨長松圍四簷山

色消繁暑一局棋聲下翠微氷片角巾簪潤月錦文拳石砌苔磯近來學得籠中鸚迴避流鶯笑不飛寒食訪僧云客舍愁經百五春雨餘溪寺緑無塵金花開處鞦韆鼓粉頰誰家鬬草人水上碧桃流片段梁間新燕語逡巡高僧不飲客攜酒來勸先朝放逐臣篇篇清絶不能盡録公閒雲州陷衣塞服引單騎冒雪間道走清遠故城得其實奏請班師

太宗居晉邸知客押衙陳從信者心計精敏掌功官帑

輪指節以代運籌絲忽無差開寶初有司秋奏倉儲止

盡明年二月太宗因詰之信曰但令起程即計往復日

數以糧券併之可責其必歸之限運至陳留即預關主司

戒運徒先候于倉無淹留之弊每運可減二十日楚泗至

京舊限八十日一歲止三運每運出淹留虛程二十日

歲自可增一運

玉壺野史卷八

欽定四庫全書

玉壺野史卷九

宋 釋文瑩 撰

李先主傳

唐祚告絶江南始有國廣陵楊氏當天祐戊寅間江淮無主奄有三十郡自建正朔制度草創後授于李氏方能漸舉唐室憲章命尚書陳濬專修吳史未成而濬沒建隆乾德間史官高遠著吳録二十卷末叙本朝之史會

遠遜卒史館之內遠將病其藁悉焚之故江南始末多或漏落猶于餘書雜著閒有載其事者先主昪字正倫唐憲宗第八子建王恪之元孫其父志宗室懸遠遂飄遊他郡爲徐判官安貧謹學喜佛書多游息佛寺號爲李道者主以光啟四年生於彭城會天下喪亂因轉徙豪梁家貧二姊爲尼吳越王楊行密克濠梁主爲亂兵所掠時尚幼行密見而奇之育爲已子長子楊渥驕很恣横多戕淩之行密慮爲渥所害謂大將徐温比兇異

常吾深愛之及長身長七尺坦額隆準神彩鑑物雖緩步從者濶步追之不及相者曰正所謂龍行虎步也瞻視明爍其音如鐘嘗汎舟渡淮暴浪中起舟人合譟喧號無制主舉聲指畫出數百夫外兩岸皆聞天佑中童謡曰東海鯉魚飛上天蓋謂主素育于徐氏徐竟復唐姓一狂僧走金陵城中猖狂荒急每見人則尋飛龍子凡十餘年逮至來為昇州刺史狂僧見之乃不復尋矣時江南初平守宰者皆武夫率以兵戈為急務主獨好

文招儒素督廉吏德望著立物情歸美除徐知訓為淮南節度使驕侈淫虐為朱瑾所殺一方甚擾主亟往代之悉反其治謙寛惇裕初知訓已忌主之能每欲加害嘗開宴主預坐伏劍士于室刁彥能行酒以爪搯主主佯吐菌而起偶免之後又飲于廣陵城東山光寺會主適自京入覲亦預焉知訓狂酲決欲害之其弟知諫白于主遂鞭馬急奔知訓不逞授劍與彥能俾急追之彥能急于中途但舉揚袖遥示之及河而止以奔騎難追

為白殆知訓遇害也其父温方知其惡將吏盡被黜責
明年建吳國以主為左僕射叅大政于是百姓始得投
戈息肩時四境雖定惟越人為梗主不欲黷武專務安
輯遂許和好戢兵薄賦休養民力山澤所産公私同之
戢擾吏罷横斂中外之情翕然倚附雖剛鷙狼愎者率
亦馴擾所統僅三十餘州為太平之世者二十年置延
賓亭待四方豪傑無貴賤之隔非意相干者亦雍容遣
之漂泛覊遊輩隨才而用之搢紳之後窮不能婚葬者

皆與畢之義乂溫雖鎮金陵凡朝政但摠大綱而已臺閣庶政皆主決之金陵司馬徐玠者性詭險深忌于主屢諷溫曰輔政之權不宜假也請以嫡子知詢代之以收其勢主知之連疏求罷政事表上會溫卒知詢果襲之所為不法不久亂萌已兆主使諭之亟令入以遏蕭牆之禍朝廷以為左統軍悉罷兵柄主始專大任秉執益謹一旦臨鏡理白髭喟然嘆曰丈夫此物懸領壯圖已矣時不待人惜哉有周宗者廣陵人少孤貧事主為

左右給事敏黠可喜聞主之歎請入廣陵告宋齊丘以禪代之事齊丘險刻忌其謀非己出手疏切諫言天時人事未可之際請斬宗為謝主怒其專輒將斬之徐玠力援獲免後數年徐玠請禪之說行宗方復職後竟為樞密使後五載壬辰歲出鎮金陵以長子璟為兵部尚書叅政事如溫之制甲午歲進封齊王加元帥置左右丞相以宋齊丘佐之丁酉十月授吳禪奉吳王為讓皇改年昇元追考溫武皇帝子璟為吳王以建鄴為西都

廣陵為東都即金陵使府為宫但加鴟尾欄楯而已終不改作接見親族一用家人禮昔所師友之尊長者皆親拜之初主將受禪也時吳之宗室臨川王濛久困廢于歴陽司馬徐玠素不悦于主欲濛受禪因諷太尉中書令西平王周本及趙王李德誠輩以德爵之勲舊重欲使推戴于濛盡玠之謀也濛聞將受禪殺監守者與親信走投西平周本本已昏耄不知時變皆其子孫左右其事故拒之不令入報濛懇祈再三亦不許閉中門

外執濛以殺之本知之怒曰我家郎君何不使吾一見濛既被害吳室遂移本力疾扶老隨衆至建康但勸進而已自是心頗内愧數月而卒實素無推翊之誠而主寬裕置而不辨及其死也厚葬之優恤其孤遷讓皇于京口以潤州廨舍為丹陽宮以處之用親吏馬思讓為丹陽宮使讓皇以世子璉屬于主曰吾無一事但為選師儒之年德者教育吾兒令知人倫孝讓他日不絕祀享吾先血食泉下吾志足矣主為選中書舍人徐善無

右庶子以教焉璉讓皇長子也十歲封江都王立為太子性淳謹好學骨清神淺唇縮齒露風鑑者所不許主受禪封璉中書令池州刺史將赴上遇寒食飲冷失節卒于池口兵中年十九歲初生主第四女璉納之為妃賢明温淑容範絶世及禪代封永康公主閭人呼公主則嗚咽流涕辭不願稱宫中為之慘戚璉卒永康終身縞素斥去容飾不茹葷血惟誦佛書但自稱未亡人朝夕焚香對佛自誓曰願兒生生世世莫為有情之物居

延和宮年二十四无疾坐亡凡五夕光如白練長丈餘自口而出至斂温軟如生主感悼哽痛詔李建勲刻碑宮中紀其異未幾將復有唐之姓尚懷徐氏之恩未欲驟改不忍即言既而諸王露奏懇請方下議有司及百官中外敦請不得已方復姓李立唐之宗廟祀高祖及太宗而下追尊考温廟號義祖封徐氏二子為王用張居詠李建勲平章事張延翰為僕射十一月讓皇徂于丹陽宮主喪服三年受禪之三載夏四月始郊

祀圓丘時當上旬月後頗早逮昇壇之際皎潔如晝非日非月至柴燎甫畢夜景復晦一若常夕人咸異之羣臣請上尊號王曰尊稱者率皆虛美爾非古制抑請不允下詔曰宜寢來章不得再上時全吳符瑞不輟所奏皆抑而不納以張宣爲鄂州節度使宣以邊功自恃强横不法鄂市寒雪有民鬭于炭肆者捕而詰之乃市炭一秤權重而輕使秤之果然宣斬鬻炭者取其首與炭懸于市主閱之嘆曰小人衡斛而欺古今皆然宣置

法太過盡奪官以予副置于蘄春遣潤州節度使主方

見天下罹亂刑獄无典因是凡决死刑方三覆乃奏之

法民罔不知刑憲物情歸之果安州節度使李金全

感慕德誼以衆來降封金全為宣威統軍是歲趙王李

德誠卒即建勲之父也少時人相曰太山之高可比君

福不用寸功日享千鍾德誠少事吴王獨无一能寵

遇特恩為馬步軍使但豐自充美服褁乘馬而已從

諸軍圍安仁義于潤州諸軍見仁義皆謾駡詬辱惟德

誠執禮未嘗以一辱之城陷仁義執弓矢毅然坐于城上无敢近者久之獨呼德誠使前曰崔亂小人皆駡辱吾獨汝見我有禮且有奇相他日至貴吾委命於爾遂擲弓矢於地以愛妾美玩贈之德誠扶掖下城由是擢拜日進中書令封趙王子四十餘人至先主受禪用其子建勲之謀卒諸侯勸進以推戴之功卒厚寵遇楊武王諸將惟德誠无寸功止用謙善而卒年八十四梁闕

徐知諤狎侮徧購古書名畫一日遊蒜山除地為廣圃

編虎皮數百番為巨幄植旗張纛極於驕侈自號武帳會文武大張樂飲時以樂焉方鼓吹振天忽神物卷江波為大風雨盡披去其帳亂飛如蝶翳空而散知譏單騎奔建康感寒遂病而卒平日嘗謂所親曰諺謂人生百歲七十者希吾幼享富貴而復恣肆一日之費敵世人一年之給或幸卒于七十之半已足矣果卒于三十五十子皆郡縣公冬十月主巡幸東郡故友宴于舊宅親有亡者弔撫慰勞勳臣義士之墓親設祭誄披决

囚縶踰月而歸時肎條未備士有伏策獻文稍可採録者委平章事張延翰収試卷量材補用皆得其職主有異見人之休戚死生皆先見之楊悦仕吳為監校主受禪用為學士一日謂悦曰近覺卿神彩明煥精芒中發得非有遇乎悦不敢隱曰臣數日前夙興頮面流星墜盆中驚異之際將掬之星飛入口餘无他遇主曰卿之貴異他日无比者果事三朝後歸朝為太子詹事八十餘卒處州節度使王安持節請覲遂卒于朝年七十二

安廬江人少事吳武王觀戰戰酣武王坐于高阜注目以望陣勢安捧匜器侍側忽陣外一執槊勇士疾走而至徑趨王座止數十步安始覺左右盡凝立瞪目前視无一夫警者安乃置所捧于地取弓射之一發而倒徐納弓于㢧中復捧器而立神色不少變武王竒之曰汝真有器度當至極貴冬十月誅泰州刺史褚仁規廣陵人暴還至廣陵監使凡為治厲于威刑民吏戢懼所部皆富于魚鹽竹葦之産國家每有大役常不能給者仁

規行視民中所有舉籍取之以應國調事訖償之路无道負民亦无怨主甚賞之仁規晚年猜刻无度率入私門驅掠婦女刑法横濫會陳覺與之有隙容暴其狀遣御史劾之主盡釋不問將來延召爲靖江軍使督舟師爲從及還遂留之以罷其郡使再下書責其殘暴仁規豪麗无術乘恚上書頗肆牴忤幾无君臣之分下其事委陳覺就泰州按鞫仁規閫外者往按大懼之遂自收付大理數日賜死秋七月以宋齊邱罷丞相爲洪州節

度使蓋齊邱屢諷主曰天下自廣明之後崩離叛蕩垂
四十年諸侯角立今才名有望主仍江淮頻歲豐稔兵
食皆足乃天意欲中興土運之際宜恢復疆宇為萬世
之固主長嘆謂齊邱曰吾少長軍旅覩干戈為民之害
甚矣不忍復言苟彼安吾亦安矣何更求哉先生之教
謹不敢守由是收權輿之柄固黜之以速其憾是年吳
越災宮室庫鎧甲庾廩焚之殆盡羣臣復欲乘其弊而
襲之諸將自奮者甚衆主固拒不許曰人生何堪此酷

也土木當亦傷害及遣使詰之賫帑幣糧鏹僅百餘艘以賙其急越人德之顯德中周世宗即位主遣韓熙載往朝及歸主因問新帝容表言動及朝廷體貌熙載盛言惟見殿前典親兵趙點檢即太祖也龍角虎威凜然有異舉目視顧電日隨轉公卿滿庭為氣焰所射盡奪其色新帝雖富威武其厚重之態負山河之固但恐不及其後太祖即位主方悟熙載之語主將近暮年厄運所會日漸衰謝自世宗平淮甸已抱唇亡之憂无何太

祖于京城南池按甲舫戰艦日習水戰間者歸報主誤猜疑預報隱憂實將平揚州也小人因是覬覦者紛紛奔叛竟以平吳之策獻于朝初彭澤令薛良者以贓貶池州文學因不逞之臣杜著者偽為吳商絕建德渡奔獻策請决秦汙陂歲溉美田數千頃畝江南深仰焉使陰决之以枯歲穀廩實无仰可俯可拾世宗怒曰天産五稼以養生民决陂殺穀吾其肯乎斬良并著于蜀市下詔撫慰主方少一本而狂妄輩因以遂戕終以城

闔隧蹙欲還豫章尤不逮金陵之廣上馳詔勸使仍舊
主遣熈載入朝聘謝熈載歸與主曰五星連珠于奎奎
主文章仍在魯分今晉王鎮兗海料非久必太平中國
之主願記臣語時乾德丁卯之歲也主自受代臺閣多
俗吏細大之務主親決之末年始任儒雅用簡易之政
悉罷苛細將修復典故以為著令因感疾漸至殘廢遂
寢焉晚為方士所誤餌硫黄丹砂吐納陰修之術忽躁
怒居常最寛和殆病百司奏事或厲聲呵詬然无他害

犀有司案牘果事理明白者則收斂顏色懇懇謝而從之既覺數屯多布德澤文武官沒者子孫隨收敘不限資蔭孤露者營其婚葬幼未堪仕及无仕者出内帑以賑之死王事者下至卒伍皆給二年之廪士之貴賤長幼卒无身後之患先是數載前一漁者持蓑笠綸竿繫短版唱漁家傲其舌爲鳴榔之聲以叅之自號田同客人後疑爲呂洞賓音清逸如煙波間聽者无厭唱二月江南山水路李花零落春无主一個魚兒无覓處風熏

雨玉龍生甲歸天去人或與錢則攞手不接唱于金陵凡半年了无悟者里巷村落皆歌焉玉龍生甲果于甲辰歲殂于正寢魚兒乃向所謂鯉魚也歌中之語皆驗焉遣鄉郡公徐遊奉遺表來上太祖廢視朝五日特遣鞍轡庫使梁義弔祭賵儀典隆厚嗣君遣馮謚乞追尊帝號許之謚曰孝高皇帝議者以先主繼唐昭宗之後號當稱宗韓熙載建議以謂古者帝王已失之已得之謂之反正非我失之自我得之謂之中興今先主中興之

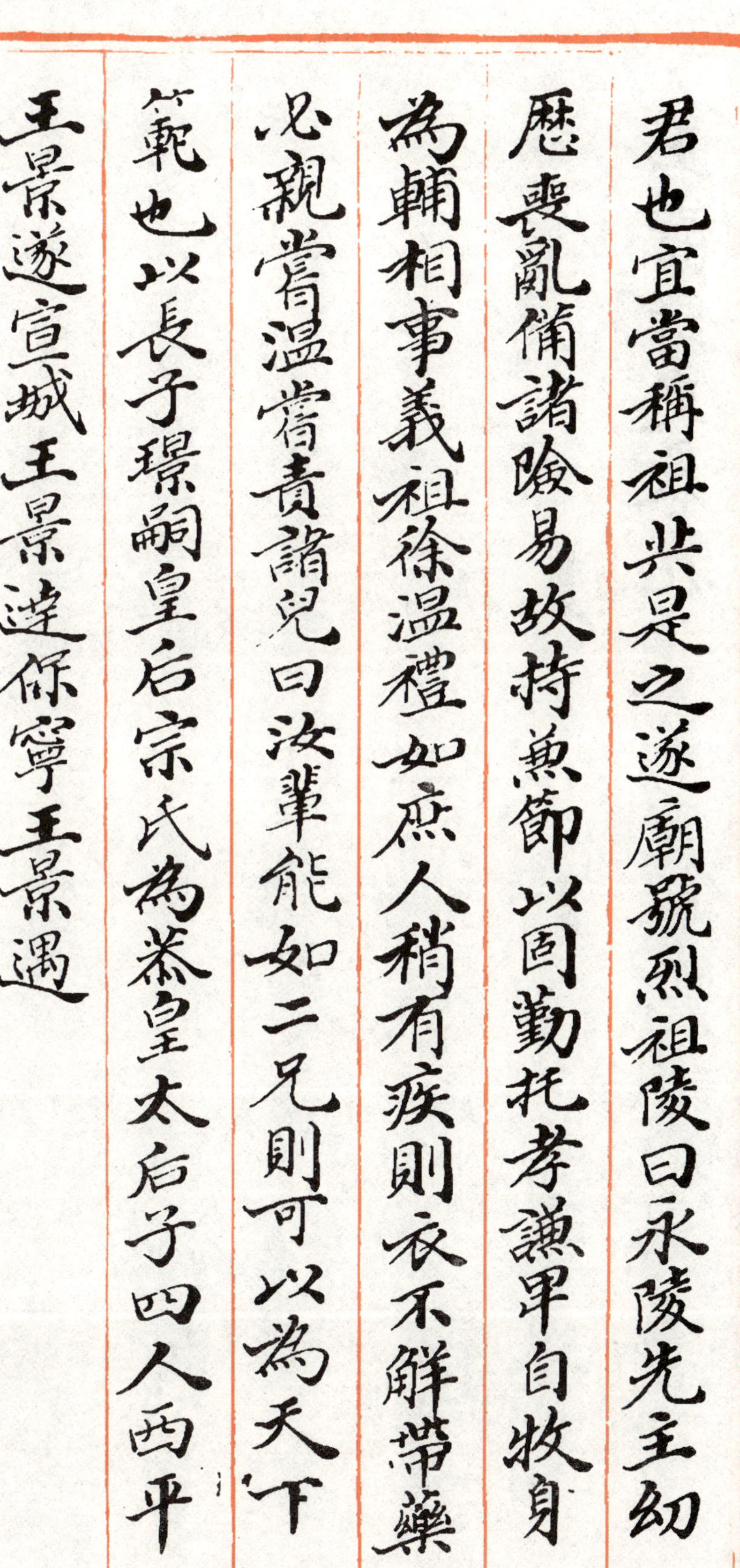

君也宜當稱祖共是之遂廟號烈祖陵曰永陵先主幼歷喪亂備諸險易故持兼節以固勤托孝謙卑自牧身為輔相事義祖徐溫禮如庶人稍有疾則衣不解帶藥必親嘗溫嘗責諸兒曰汝輩能如二兄則可以為天下範也以長子璟嗣皇后宗氏為恭皇太后子四人西平王景遂宣城王景達保寧王景遏

玉壺野史卷九

玉壺野史卷十

宋 釋文瑩 撰

江南遺事

鍾山相李建勲少年時風調閑粹徐溫以女妻之奩槖之復賜以采邑歲入雖頗富盛不喜華靡屏斥世務喜為方外之遊徧缺故所以居重地寡斷不喜為詩少猶缺別墅

于蔣山泉石之勝再四相逼力求退以司徒致仕賜號鍾山公或謂曰公未老无疾求此命无乃欲為九華先生耶九華即宋齊邱地乞骸屡矯國主公曰吾嘗笑宋公輕以出處敵違素日心非壽考之物勞攘紛紛擾亂其心魂求數年求適爾常畜一玉磬尺餘以沈香節為柄叩之聲極清越客有談及猥俗之語者則缺

耳客或問之對曰聊代洗耳一軒榜曰四友軒以琴為嶧陽友以磬為泗濱友南華經為心友湘竹簟為

夢友果遂閒曠五年而卒江南之佳士也

白鹿洞道士許筠世傳許旌陽之族能持混胎丈人攝魔還精符按時起居以濟人疾含神内照恬然无欲忽一日越人來謁曰吾有至寶在懷今垂死欲求一人付之舉世皆貪夫无堪受者欲沉于海又所不忍出一丸石如碧玉雞卵以贈筠且曰古傳扶桑出玉雞玉雞鳴則金雞唱金雞唱則石雞鳴石雞鳴則人間雞悉鳴矣此石雞卵也張騫又曰瑟母出扶桑山流落海岸能喻寶

玉屑但五金砂及寶礪碎而成屑以卯環攬寶末盡黏其上不假淘汰筠得之漫于金沙浣取試攬金屑如碎麩盡綴于卯取烹之皆良金也曰可取百銖筠曰吾此學不貪為寶此物喪真于道益遠瘞于鍾山之中後竟无得者

徐常侍得罪竄邠平日嘗走書托洪州永新都官胡克順曰僕必死于邠君有力他日可能致我完軀轉海歸葬故國侍先子于泉下即故人厚恩也未幾果遣訃來

告順感其預托創巨舟貴厚費親信往仰迎之舟出海隅一巨邑忘其名邑有東海大帝祠帳殿嚴威禱享塡委時索湘典邑舟未至飪先謁之稱江南放叟徐飪湘素聞其名悚敬迎拜冠服嚴偉笑談高逸曰僕得罪于卯幸免因置放歸故里牋舟邑下因得拜謁仍有少懇拜聞殆晚再謁語訖失之湘大駭未久津吏申有徐常侍靈柩船到岸湘大感動亟往舟撫其孤曰先公有真容否曰有遂張之于津亭果適之來謁者湘設席感動

置醪俎再拜以奠殆暝果至曰適蒙厚享多謝實已之
幸蓋少事不得已須至拜叩僕在江南為學士曰一里
舊賫一寶帶托僕投執政變一獄僕時頗有勢欲執政
不敢違然事不枉法以賍名罣身恐旅櫬過廟帝所不
容君宰封社廟湘鄉叛皆隷于君君為吾禱之帝必无
難湘感其誠告為之潔沐已事齋心俱禱訖令解縡過
廟恬然无纎瀾之驚薄暮果再至餙小懐刺為謝其刺
曰鉉専謝别東坡索君賢者含喜再拜欻然而去洎

再開刺旋為灰飛湘頗東坡之疑後果為左諫議大夫

廬山布衣江夢孫潯陽人博綜經史孝悌介潔不妄語

不隱己過李主召置門下為國子司業一旦面陳曰迂

儒无所補平生讀書意在惠民空言无益求一官以自

効主曰胡為卑飛自喪其節耶因不許固求之補天長

縣令以官誥示之曰授告罷與君无賓友之容指其庭

曰此地即君斂板趨伏之所也君寧甘乎夢孫曰苟遂

素願无憚其他乃授之至治所其吏白曰王廳娛江固

呵曰長民不居正廳非禮也既上事久之果有妖物嘯梁竹瓦喧號萬狀羣吏伏匿江整衣焚香奠酒語鬼曰僕爲令合踞此廳君等有祠堂林墓安得居此耶吾行已不欺闇室不懼君輩此處必有祀典導神吾當告之語訖移榻就寢高枕而寢寂无見聞後視事率以簡易仁恕爲理士民愛之甫及滿任解秩歸田縣人緣河泣挽舟酷留凡不絶者三日主簿知加歎不已手批委曲以美辭誘之惇勸再任堅然不起耕田侍母代暇則以

經書術授諸生及子直木後為員外郎

王建封事李氏為天威軍度虞侯驍勇剛直平建州功冠諸將擢刺使後圍福州與諸將爭功城垂克建封勒兵退致壞成績主衛其恨方理擅退兵者將討之建封大怖納官以自劾李主佯示寬原召還付以精兵稔其慝也後果怙權漸侵朝政時鍾謨魏岑李德明二三小人以姦佞獲倖傾害忠良建封上書歷詆數子之惡庭諍喧詬請盡誅竄進用公直璟大怒曰武臣既握重兵

復干預國政如何可事主君耶流池州道殺之才死鍾
魏等目見建封為崇厲聲曰吾為國擊邪去惡欲誅君
輩以肅朝綱嗣君反誅于我今奉侯諸君共辨于陰晝
夕隨之岑等呼道士奏章告天竟不能脫不月餘二三
子相繼卒嗣主璟幼有奇相悅義祖徐溫器之曰此子
殆非人臣溫食即命同席南向以坐之曰徐氏無此孫
溫自金陵迎吳王于迎鑾江大閱水嬉還至百家灣向
夕暮風忽起舟人束身于駭浪溫四望無計遂袒裼負

璟于背廻語賓御曰吾善游不暇救爾輩所保者此子爾言訖風息若神護璟天資高邁始出閤即就廬山瀑布前構書齋為他日閒適之計及迫于紹襲遂捨為開先精舍吳讓皇既殂于丹陽其族屬尚居泰州廨舍先受禪已還未暇措置殆殂方屬付嗣君令往泰州津歛楊族安于京口賙贍撫育無令失所男女婚嫁悉資官給璟稟遺戒遣園苑使尹延範具舟車調費往泰般護時道路已亂延範慮有他變取子弟六十人皆殺之惟載

婦女以渡江璟大怒以延範腰斬仍誅其族于市以慰其寃楊氏諸女二十餘人選士族嫁之奩匣闈槖不失常度

江南故國每至暮冬淮水淺涸則分兵屯守謂之把淺時監軍吳延詔以謂時平境安當無事之際虛費糧廩極令撤警惟淮將劉仁贍具啟以為不可未幾報周師以間者所候半夜猥至郡人大恐仁贍神氣閒暇部分守禦其堅如壁周師斬間者于岸卷兵遂退

豫忌高密人孤貧好學喜縱橫奇詭時李先主輔政忌謁之口吃與人初接不能道寒温坐頃之際詞辨鋒起不拘名理主憐其才辟置門下後遂與徐玠同贊禪代之事擢拜學士為中書舍人宋齊邱排出舒州觀察判多黥隸凶人曰歸化軍忌因撫視不均忽二卒白晝持刃求害于忌賊由西門而入忌坐東門先見之屏左右厲聲揚袂招之吾在此賊已錯愕謂賊曰爾輩殺吾未晚大丈夫視死若歸無名而歸死然亦可惜吾死汝輩

必不免豈不少念所親負爾何罪乎因諭之禍福賊漸留又與之約曰吾解金帶助汝急奔有追汝者指天地神明為殛賊感其言還帶而遁其辦畫率此忌後擢拜與馮延巳俱延巳醜其正謂人曰可惜金盞玉盃盛狗屎後使北周世宗不道甘言取悅忌問以江南虛實兵甲糧稟忌正色抗辭曰臣為陪臣代主以覲天王反以此鉤臣背心賣國以苟富貴乎惟死以謝陛下爾世宗命斬之將誅南望再拜遥辭其主顧左右曰吾此一

死可羞千古佞臣賊子之類復何恨哉引脛迎刃環闐之北面素服招魂舉哀至慟

李彥真為楚海州刺史吏事精敏聲譽日益後移壽春惟務聚斂不知紀極列肆自業盡收其利古安豐塘溉田萬頃壽陽賴之彥真托濬濠為名決塘以漲濠濠滿塘竭遂不復築民田皆涸無以供輿賦盡賣之而去彥真選上腴賤價以市之買足再壅塘以畜水歲積巨億旦酷彥真曉涼坐安輿行田霆震暴起黑霧入輿卷彥真

入杳冥中食頃擲下爛碎于地俄又飛火環其舍帑庾廐庫淨無孑遺被焚者十餘人大為兼併之戒後督縣吏取版籍主復還之以警天鑒後子亦以禍敗

晉王景遂先主第三子天資雍睦美容性和厚讓皇祖于丹陽遣送奠望柩哀慟雨淚觀者為之出涕兄璟繼位立為儲副固讓不從改字退夫以見志接物得人歡心喜與賓僚宴詠投壺賦詩好用美玉器每以玉器行酒客傳玩惟贊善張易乗醉抵于地輕人貴寶殿下豈

當至是即坐客失色景遂收容辱謝繖以他器嗣主遣易泛海使契丹景遂手疏留之曰朝中如易者幾希宜朝夕左右今泛不測之淵投足邊庭歸朝莫准答曰張易奇人海龍王亦懼之景遂一日朝服忽于空中揖讓謂左右曰上帝詔許旌陽名吾偕往須當行矣忽一日拜辭所生母無疾亡贈太傅謚文成

常夢錫鳳翔人岐王李茂貞臨鎮喜狗馬博塞馳逐督伎夢錫抱學有才雖為鄉里所重以茂貞不禮儒術故

來書渡淮至廣陵謁先主辟置門下洎受禪遷侍御史詞氣方毅深識典故擢為給事中悉言機事歷言宋陳馮魏輩姦佞詐險不宜置左右主深然之事垂舉而主殂遂為羣黨排擊黜池州判官後起為禮部尚書不復言事自割地之後公卿在坐有言及大國為小朝得無媿乎衆皆嘿散夢錫文章詩筆精贍合體然嬾于徧收故无文集方與客坐奄然而卒前數日謂所知曰齊邱陳覺輩敗在朝夕但恨不能延數日之命俾吾目見然

先主泉下俟數子之誅果卒不久齊邱雖經于青陽陳
覺李徵古殺于鄱陽道中
宋齊邱豫章人天下喪亂經籍道息齊邱忽然力學根
古明道宗經籍書鍾氏既亡洪州兵亂遁衆來下先主
為昇州刺史往依焉大禮之齊邱本字超回歙人江台
符貽書侮之曰聞足下齊大聖以為名超亞聖以為字
齊邱懸改字子嵩先主用進惟義父徐温所惡凡十年
温卒方用為平章事遂樹朋黨陰自封植狡險貪愎古

今無之知命無遠識事三朝惟延卜祝占相者國家發難尚欲因其釁以窺覦時年已七十三矣敗因于家鑿土頓穿竇以給食而因縊焉平生無正娶止以倡人為偶亦封國無子以從子靡詰為嗣

世宗既罷兵使鍾謨以誠來諭曰吾與江南大義已定固無他慮然人命不保江南無備已久後之人將不汝容可及吾之世繕修城隍分據要害為子孫之計宜矣璟得命及城建康諸郡城池毀者堅之甲卒寡者補之

議遷都遠與敵境江南而已又在下流吾今移都豫章據上流而制根本上策也羣臣多不欲遂葺洪州為宣都洪井然為大藩及為都邑則廹隘卭坎無所施力羣情不安之下議來還會疾作殂於洪州年四十六

後主煜幼子宣城郡公仲宣后周氏所生敏惠特異眉目神彩若圖畫三歲能誦孝經及古雜文煜置膝上授之以數萬言閡作樂盡則其節宮中讌然自然知事親之禮見士大夫揖讓進退皆如成人栖霞道者異僧也

能知往事自鍾山迎于大內令嬪御抱出兒見之自能合爪于賴棲霞曰不祥之氣也此兒與陛下并后夙有深冤以陛下積德不能酷償故為胡恩愛賊托掖庭割父母之腸肝宜養之而勿戀年五歲忽自言曰兒不能久居今將去矣因瞑目逝周后在疾聞之亦逝煜悼痛傷悲哽幾躃絶者數四將赴井而救之獲免

韓熙載才名遠聞四方載金帛求為文章碑表如李邕焉俸入賞賚倍於他等畜聲樂四十餘人闌檢无制往

往特出外齋與賓客生旦雜處後主屢欲相之但患其

踈簡既卒愈痛之謂近臣曰吾託不得相煕載今將贈

以平章事有此典故否或對曰昔劉穆之贈開府儀同

三司乃授此制謚文靖主遣人選塋隴曰惟須山峯秀

絶靈仙勝境或與古賢立表相近使為泉臺雅遊果選

得梅子崗謝安墓側命集賢殿學士徐鍇集遺文藏之

書殿

壽州節度使姚景鍾離人少賤善事馬即刺史南卓金

養馬餵飼秣爪剪針烙喲㗇不數月盡良馬金暇日因至廐值景熟寢二赤蛇長不及尺戲景面上金以杖叩脛驚之遂入其鼻金因竒待引為親事小心厚重以女妻之積勞為裨將李先主昪重其為人使鎮壽州景无他技能但廉畏有守先是郡屬苦於供億刺史廳廡間置一巨匱俾吏投銀於中謂之鎮廳匱滿則易之習以為常景至則首去之取與有度諸郡頗樂後至使相八十三卒於位何必讀書乎

建州老僧卓喦明戒檢清潔持律无怠徒衆甚盛其目右重瞳垂手過膝喦明自猒之謂其徒曰此吾宿世宽業有此異相必為身累出家兒安用此為及江南収建州以上將祖全恩查文徽率衆襲建法師夜出隅水而戰陣酣文徽潛師以出繼之以輕鋭伏兵皆夾擊建人大敗逾城而遁歸建安歸又无主内臣李義者以喦明有重瞳之異可立為主後推戴為建家主喦明笑謂衆曰擅越何悞耶吾修真斷妄觀身如夢君雖立我無統

御之術果為義所殺義自稱留後

虔州妖賊張遇賢循州縣小吏也縣村有神降于民與人交語不見其形言禍福輒中民競依之遇賢因置香果於神神謂衆曰張遇賢是第十八羅漢可留事我遇賢親閴之遂留其家奉事甚謹既而羣盜大起无所統一乃禱于神求當為主者曰張遇賢當為汝主衆因推為中天八國王改年為長樂辟置百官神曰汝輩可度嶺取虔羣賊奉遇賢襲南康虔州節度使賈浩始甚輕

之殊不設備賊衆蟻聚遂至十公遇賢自擇喦際據白雲洞造宮室羣劫四出攻掠无度李主璟遣都虞侯嚴思討之邊鎬監軍璟謂鎬曰蜂蟻空扶妖幻中无英雄至則可擒果至連敗其衆遇賢自窘告神神曰吾力附福衰庇汝不及善自為計遂斬於建康市

徐常侍鉉仕江南日嘗直澄心堂每幞被入直至飛虹橋馬留不進裂鞍斷轡箠之流血掣韁却立鉉寓書于杭州沙門贊寧荅曰下必有海馬骨水火俱不能毀惟

涵以腐糟隨毁者乃是鋤斷之去土丈餘果得巨獸骨

上脛可長五尺膝而下長三尺膍骨若大柱積薪焚之

三日不動以腐糟纔涵之遂爛焉

總校官舉人臣章維桓

校對官中書臣康儀鈞

謄録監生臣王金輅

圖書在版編目（CIP）數據

玉壺野史 / (宋) 釋文瑩撰. — 北京 : 中國書店, 2018.8

ISBN 978-7-5149-2086-4

Ⅰ. ①玉… Ⅱ. ①釋… Ⅲ. ①筆記小説－小説集－中國－宋代 Ⅳ. ①I242.1

中國版本圖書館CIP數據核字(2018)第084970號

四庫全書·小說家類

玉壺野史

作者　宋·釋文瑩　撰
出版發行　中國書店
地址　北京市西城區琉璃廠東街一一五號
郵編　一〇〇〇五〇
印刷　山東潤聲印務有限公司
開本　730毫米×1130毫米　1/16
印張　17.5
版次　二〇一八年八月第一版第一次印刷
書號　ISBN 978-7-5149-2086-4
定價　六二　元